奇跡の改革

江上 剛

JN150291

PHP
文芸文庫

○本表紙デザイン＋ロゴ＝川上成夫

奇跡の改革◎目次

第一章　フィルムが消える　4
第二章　化石プロジェクト　60
第三章　夜明け前　116
第四章　アスタキサンチン　174
第五章　イノベーション　233
最終章　アスタラブ発売　291
特別収録対談　古森重隆（富士フイルム会長）×江上剛　370

第一章　フィルムが消える

1

雲が厚く垂れこめている。富士は見えない。

東京、港区の高樹町《たかぎちょう》交差点のすぐ近くに日本写真フィルムの本社ビルがある。ビルは、楕円《だえん》の筒のような形をしており、交差点から見て、右側が赤坂方面に向き、左側が青山方面に向いている。だから社員は、赤坂側を赤、青山側を青と呼ぶ。

その十七階の青に大森高志《おおもりたかし》の社長室がある。狭い。たったの十五坪だ。質素と言ってもいいだろう。

大森は、あるベンチャー系の会社を訪ねたことがあった。

社長室に案内された時、そのあまりの豪華さに驚いた。一流ホテルのスイートルームが恥ずかしくて逃げだすようだと思った。

ほどなくその会社は業況が悪化し、倒産した。

社長室のような非生産的な場所には、費用をかけない。費用をかけるのは現場。それが七十年以上も続く日本写真フイルムの伝統だ。

しかし、質素な社長室にも、ほんのささやかな贅沢《ぜいたく》が施されている。三坪ほどの個室があるのだ。

非常階段などにスペースを取られ、使いづらくなった部屋の隅に、無理やり造ったのだろうが、ちゃんとドアが付いた個室だ。

中には椅子と机。椅子は背もたれが、リクライニングになっている。

まるで茶室のようだ、と大森は思う。

ドアは、茶室のにじり口のように小さい。腰をかがめる必要はないものの、狭い入口から入るには、多少、身体《からだ》を斜めにし、腹を引っこめる必要がある。

俗説かもしれないが、茶室に入る際、武士は丸腰にならないといけないらしい。戦うための刀を下げてはいけないのだ。

武士は、茶室で自己と対話する。その際は、刀等の武器を持たずに丸腰で、素のままがいいのだろう。

大森も自己と対話する、すなわち思考を巡らせる際にこの個室に籠《こも》り、リクライニングシートに身体を預ける。

茶室には、禅語が書かれた掛け軸がかけられていることが多い。

「応《おう》無《む》所住《しょじゅう》而《に》生《しょう》其《ご》心《しん》」「柳緑《やなぎはみどり》花紅《はなはくれない》」などの禅語はよく知られている。

前者の意味は、「無心の今だけに、心は生き生きと発動する」。後者の意味は「柳は緑であり、花は紅である。あるがままの春の姿がよい」。こんなところだろうか。

茶室に招かれた客は、禅語が書かれた掛け軸を見、その意味するところを理解し、自分の心と照らし合わせる。

大森は、創業以来初めて五千人ものリストラを断行することを決意している。その決意にふさわしい禅語はいったいどのようなものだろうか。

例えば、

「生死事大《しょうじじだい》　光陰可惜《こういんおしむべし》　無常迅速《むじょうじんそく》　時不待人《ときひとをまたず》」という禅語がある。

「人は生まれ死ぬ。人生をどう生きるかが重要なのだ。時は矢のように過ぎ、全ては無常でとどまることはなく、時は人を待ってくれない」という意味だ。

この禅語の一部である「生死事大　無常迅速」は、禅宗の僧堂で朝夕の時を知らせる際に打つ木板《もっぱん》に墨書《ぼくしょ》されている。

禅宗にとっては生死、すなわちいかに生きるかが最も重要なことだ。

そのためには一刻も修行を怠ってはいけない。その覚悟を、日々刻々、教えるために時を知らせる木板に「生死事大　無常迅速」の禅語が書かれているのだろう。

企業も同じだ。いかに生きるかが重要だ。それは無常で、絶えず変化する。同じ場所にとどまることはない。無常のままに流されなにもしなければ、ただ無意味に死んでしまう。

どう生きるか、あるいはどう生かすか、その決断を下すのが、経営者だ、と大森は考えている。

残念ながら、この個室には禅語の掛け軸はない。その代わりにもっと素晴らしいものがある。

それが窓から見える富士だ。晴れて空気の澄んだ日には、青山、渋谷の街のはるか後方にくっきりと富士が見える。

富士はいい、と大森は思う。

自然の中の富士も、あるいはここから見えるビルの谷間の富士も、それぞれがいい。

孤独で、何ものにもこびない富士の姿は、最後は自分が全ての責任を持つという覚悟そのものだ。あれは経営者の姿だ。

あの富士の姿と自分の心が感応《かんのう》する時、身体の中から勇気が湧いてくる。決断を後押ししてくれる気がする。

しかし、今日はいくら眺めていても富士は姿を現してくれない。

「俺の心が晴れないからだ」

リクライニングシートから身体を起こしながら、大森は呟《つぶや》いた。

大森は、二〇〇〇年に社長に就任した。

しかし就任直後から数年は、前任者の影響が大きく、思ったように腕を振るうことは叶《かな》わなかった。

本格的に動き始めたのは、最高経営責任者であるCEOに就任した二〇〇三年以降だ。

大森は、日本写真フイルムの将来に大きな危機感を抱《いだ》いていた。

二〇〇〇年から、フィルムの需要が低下し始めたからだ。まさに大森が社長に就任した時がピークだった。

二〇〇〇年当時、世界でフィルムの売上高は約百七十億ドル。その中で日本写真フイルムは、日本で七〇％、世界で三五％から四〇％の絶対的シェアを持っていた。

世界市場では、世界一のフィルムメーカーであるコダックを追い抜くために、国内市場では一〇〇％のシェアを求めて、飽くなき闘いを展開していた。

フィルムなどイメージングと言われる分野は売上高の六〇％、利益の七〇％を叩きだしていた。

写真フィルムだけでも全事業の約一九％、二千七百四十億円もあった。

かといってデジタル化の波への対応は怠っていない。フィルムを使わないデジタルカメラにもいち早く進出していた。

一九八一年にソニーが「マビカ」を試作した。

これはデジタルカメラではない。電子カメラという。写真はフロッピーディスクに記録するというものだった。

それでも従来のフィルムを使わないということでは十分に衝撃的だった。

一九八六年にはキヤノンが初の商品化に踏み切り、翌年カシオも続いた。

しかしこれらは画質が低く、フィルムの敵ではなかった。消費者は、フィルムカメラから離れることはなかった。

日本写真フイルムは、先駆者とは違う本格的なデジタルカメラ作りに挑戦を開始した。

おかしな会社だと世間は言うだろうが、主力製品であるフィルムを使わない、すなわち市場から消してしまう可能性のあるカメラ作りに没頭した。

「フィルムがなくなれば、失業ですね」

大森は客からからかい気味に言われたことがある。

「ははは」

大森は、特徴のある太い眉を上下させて笑い飛ばし、

「うちの会社は、もっとすごいカメラを作りますよ。今度は、それを売ります」

と言った。

「でもそんなことをしたらタコが自分の足を喰《く》っているようなものですよね。いずれフィルムが消えてしまう……」

客は、真剣な表情に変わった。

「大丈夫ですよ。銀塩《ぎんえん》フィルムの写真は、味わい深いですから、利用者がなくなることはありません。必ずデジタルと共存しますから」

大森は答えた。

一九八八年、日本写真フィルムは、現在のような半導体、ＣＣＤ（電荷結合素子）を搭載したデジタルカメラを発表した。

一台百三十万円以上もする高価なカメラだった。まだまだデジタルカメラが普及するには価格というハードルを越えなければならなかった。

日本写真フィルムのデジタルカメラ作りへの意欲はとどまることはなかった。

ついに一九九八年には、それまで外注していたＣＣＤを自社開発し、それを搭載

した一般向けのデジタルカメラの発売に踏み切った。

価格は数万円台に低下した。

そして二〇〇〇年には、さらに高性能なＣＣＤを搭載した製品を発売した。

消費者は価格、そしてなによりも品質においてフィルムカメラと変わらない明るさ、画質の写真を手に入れたのだ。

それを汐《しお》にデジタルカメラが一気に普及し始めた。

なんと日本写真フイルムは、たちまちデジタルカメラ市場で約二八％のシェアを獲得するトップメーカーになってしまった。

日本一のフィルムメーカーが、フィルム不用のデジタルカメラのトップメーカーになってしまった……。ああ、なんという皮肉。

「フィルムが消えてしまう……」

社長に就任した大森は、デジタルカメラの驚異的な売り上げを喜びつつも、あの時の客の声を思いだし、強烈な危機感を抱いた。

しかし、社内の空気は危機感があるとは言えなかった。むしろ弛緩《しかん》しているのではないかとさえ大森は思っていた。

ある日、インタビューに来た記者と営業担当役員との質疑を耳にしたことがあった。

記者は、大森に話を聞きたくて来たのだが、同席した営業担当役員が多くしゃべった。

彼が、新社長である大森を慮《おもんぱか》ったのかもしれない。

「デジタルカメラが普及していますが、フィルムの需要が衰退するのではありませんか?」

記者が聞いた。

「現在、世界には何台のフィルムカメラが絶えず稼働しているとお思いですか?」

営業担当役員が記者に問いかける。

口調は優しいが、慇懃《いんぎん》無礼《ぶれい》な感じだ。

記者の不明を晴らしてあげるという思いに満ちている。

「わかりません」

「私どもの調査では五億台です。フィルムは年間約三十三・五億本も使われているんですよ」

「それは大変な数ですね」

「そうでしょう。アメリカでは一人当たり約三・八本、十億本も使われています」

記者は感心したような表情を見せるだけだ。営業担当役員の声だけが聞こえている。

「中国では何本だと思いますか？　一人当たり〇・一五本、年間一・九億本です。インドはさらに少なくて一人当たり〇・〇九本、年間〇・九億本にすぎません。人口は中国に約十三億人、インドには約十億人もいます。彼らが写真の魅力を知り、写真を撮り始めたら、いったいどうなると思いますか？」

営業担当役員の声が、いよいよ熱を帯びてくる。

「一人当たり一本のフィルムを使っただけで、中国、インド合わせて二十三億本にもなります。もしも米国並みに三・八本も使ってくれたら、八十七億本を超えるんですよ」

「すごいですね」

記者は、営業担当役員の勢いにすっかり圧《お》されている。

「こうした新興国の需要に加えて、先進国であるフランスやドイツでも、フィルムはもっともっと伸びる余地があるのです。ドイツは、一人当たり一・八本、フランスは同じく一・七本しかフィルムを使っていませんから。アメリカだって伸びるでしょう。課題は、高感度化です。フィルムが光に反応する感度を引きあげることができれば、どんなハイスピードの対象物でも写真に撮ることができ、もっと楽しくなります。我が社は、さらに一層のフィルムの高感度化、品質向上に努力します。もうひと言、付け加えさせていただくなら、現在のデジタルカメラユーザーは、ほ

ん の数パーセントにすぎません。多くのアナリストの方々もデジタルカメラは、消費者のフィルム需要に目立った影響を与えるものではないと分析されております……」

営業担当役員の言うことは、二〇〇〇年当時、完全に間違っていたとは言いきれない。

確かにフィルムの需要は減少していたが、そのスピードは、さほど急激ではなかった。フィルムとデジタルカメラは十分に共存できると専門家さえ考えていた。

今、当然のように存在するものが、世の中から突然、消えてしまうなどと考える方がおかしい。

自動車会社の人間に、

「明日から自動車がなくなります」

鉄鋼会社の人間に、

「明日から鉄がなくなります」

と言ったら「その通りです」と信じるだろうか？

絶対に信じないだろう。

しかし、技術というものの進歩は、どのような未来を作るかわからない。

現在の自動車とはまったく異なる移動手段が作られ、それが簡易で、安く、消費者ニーズに適合していれば、自動車はなくなる。

鉄だって同じだ。産業の米と言われるが、これに代わる素材が作られたら、なくなる可能性がある。

どんなものもニーズに従って作られる。そのニーズが変化して、それに適合できなければ、それは市場から消えてしまう。

営業担当役員は、まだ本気で危機感を抱いていなかったのだ。

このことが大森の不満であり、不安だった。

その理由は、日本写真フイルムがエクセレントカンパニーであり過ぎるということだ。

「赤字になったことがない」

「バブル崩壊の影響を受けなかった」

「無借金経営」

「一九八二年度以降、経常利益一千億円以上を叩きだしている。こんな会社はトヨタ自動車か日本写真フイルムだけだ」

巷間《こうかん》には日本写真フイルムを称賛する声が溢《あふ》れていた。

社員は、安心して仕事をしていた。エクセレントカンパニーに勤務することを誇りにしていた。それもこれもフィルムのおかげなのだということを社員も十分に理解していた。

フィルムは日用品であるため、一般の消費者は、さほど高度な技術が使われているとは想像していない。

しかしそれは高度な技術の結晶だ。だから他社は真似ができない。

フィルムが利益の高いものであるなら、もっと他社が市場に参入してくるはずだ。そして過当競争になり、利益は落ちこんでいく。

ところが世界にフィルムを主力製品とするメーカーは四社しかない。

アメリカのコダック、ドイツのアグファ、日本のコニカと日本写真フイルムだけだ。

このことがフィルムがいかに高度な技術の産物であるかということを、なによりも如実に物語っている。

結果としてフィルムは日用品でありながら、言わば寡占《かせん》状態となった。これが日本写真フイルムの利益の源泉となり、エクセレントカンパニーに押しあげていた。

ところがそのフィルムの需要が予想以上に急激に落ちこんでいる。

二〇〇五年には世界のフィルム需要は約九十億ドルとなり、大森が社長に就任した二〇〇〇年に比べ半減した。

今後も毎年二〇%ずつ減少すると予測されている。いったん、減少し始めた需要は、加速度的に減少するだろう。

もはや利益の源泉であるフィルムが消えるのは時間の問題だった。

エクセレントカンパニーであり続けるためには、変化を恐れてはならない。挑戦する勇気を持ち続けなければならない。

大森は、会社の構造改革を急いだ。

二〇〇四年に「ＶＩＳＩＯＮ75」という戦略を打ちだした。
①新たな成長戦略、②連結経営の強化、③経営全般にわたる徹底的な構造改革、そしてその基盤として社員のパワーアップ、活性化を打ちだした。
「75」と付けたのは、創業年である一九三四年から七十五周年となる二〇〇九年までの中期経営計画だからだ。

あれから二年。成果は？　と問われれば、十分に満足いくものではないと答えざるを得なかった。

優良な子会社である日本ゼロックスを加えれば売上高こそ二〇〇〇年当時の一兆四千億円強から二〇〇五年には二兆五千億円強となり、それを維持し続けている。

日本ゼロックスは、二〇〇一年三月期に米国ゼロックスから発行済み株式総数の二五％を追加取得して、出資比率を七五％に引きあげ子会社化したものだ。

投資額は約千六百億円。これを手持ち現金で賄《まかな》った。

この投資を決断したのは、大森の前任者だ。口さがない経営評論家が、現在の日本写真フイルムは前任者の遺産で喰っていると言うのは、このためだ。

実際、営業利益は約千五百億円から約千六百億円とさほど増えてはいない。すなわちフィルムの利益の減少を他の事業で埋められていないということだ。

そんなことより何より、問題は社員だ。まだまだ危機感が足らない。「VISION75」を打ちだした最大の目的は、大森の抱く危機感と社員の抱く危機感を一体化させることだった。

それができていない。

大森は、戦略修正を行うことにした。『論語』にも「過《あやま》って改めざる、これを過ちと謂《い》う」とあるではないか。「VISION75」を過ちとは言わないまでも、さらに効果を上げるには、修正を躊躇《ちゅうちょ》すべきではない。

修正計画には人員のリストラを織りこんだ。

カラーフィルムや印画紙などの写真感光材料部門の人員を九月までに五千人削減し、そのための費用、千六百五十億円を計上するという内容だ。

グループ社員約七万六千人。そのうち写真感光材料部門は約一万五千人。その三分の一を削減する。初めての人員リストラだ。衝撃的な内容だ。

間違いなく、二〇〇六年一月三十一日の記者会見は、日本写真フイルムの歴史に刻まれるだろう。

大森は人員のリストラを悩んだ。

しかし、断固としてやり抜かねばならない。

「社長、記者会見の時間です」

広報課長の吉見《よしみ》薫子《かおるこ》が呼びに来た。

薫子は、結婚をし、子どもを産み、出産休暇、育児休暇を経て、大森が社長になる前年の一九九九年から広報業務を担っている。

日本写真フイルムは、女性にとって働きやすいと言えるだろう。

それは女性に優しいというのではない。

当然のことだが、女性にも男性と同じだけの成果を求める。厳しいが、その代わり男女の差別なく努力には報いる。

そのため結婚し、子どもを育てながら活躍している女性が多い。薫子もその一人だった。

薫子は、一九八六年入社で、男女雇用機会均等法第一世代だ。

この世代の女性は、男を意識して、すぐにファイティングポーズを取りたがるが、彼女は違う。しなやかで女性らしさを忘れない。それでいて言うべきことは社長であろうと誰であろうと関係なく言う。

そんなところを大森は信頼していた。

「今、行く」

大森は答えた。

「富士山はご覧になれましたか?」

薫子は、大森が思考を巡らす時、富士を眺めることを知っていた。

「今日は、見えない」

「残念ですね……」

薫子の表情が曇った。

厳しい記者会見になるだろう、と大森は覚悟した。

2

戸越正也《とごしまさや》は、杉並の自宅を出ていく際、妻から珍しく「頑張ってね」と声をかけられた。

日本写真フイルムの足柄《あしがら》研究所所長である戸越は、普段は神奈川県の南足柄市に単身で住んでいるが、昨夜、急に自宅に帰ってきた。

実は、今日、ある決意を胸に秘めて、港区の本社に出勤するためだ。

帰宅後も深夜まで考えをまとめていたため、出勤が午後になってしまった。

こんな変則な時間に出勤するのは珍しい。そのためどうやら、何かをやろうとしていることを妻の和子《かずこ》に見抜かれたようだ。

和子は変わっている女だと戸越は思う。

変人というのではない。ちょっと常識とずれているというか、別の言い方をすれば勘がいいのだ。戸越が、なにかを考えている時は、必ず事前に察知する。

勘がいいと誉《ほ》めると、あなたがわかりやすいのよ、と言うだけだが。

＊

和子とは大学で知り合った。和子は医学系、戸越は有機化学系の学部だった。和子が一年下だった。

戸越が大学院に進学した年に一緒に生活を始めた。いわゆる同棲《どうせい》だ。

そして和子も戸越の後を追うように大学院に進学した。

研究者同士で、貧しいが、充実していた。

「就職するよ」

大学院の修士課程の修了を控え、戸越は言った。

「あら、研究を続けないの」

和子は研究生活を続けるつもりだ。研究者としては、和子の方が向いている。

戸越は大学に残る気はなかった。違う世界を経験してみたくなったのだ。

「会社に入っても、研究はできるだろう」

言い訳めいた口調になった。

「どこに入るつもりなの？」

「日本写真フイルムだ」

教授が紹介してくれた会社だ。

「あなた、昔から写真が好きだったし、いいんじゃないの」

和子が賛成してくれた。戸越は、ほっとした。和子がダメだと言ったら、どうしようかと思っていた。

和子は、戸越は、いずれ学究生活からビジネスの現場に出るだろうと予測していた節がある。

だからさほど驚かなかったのだろう。

「就職したら、結婚しよう」

戸越は言った。

「そんなこと考えなくていいわよ。別に」

和子はあっさりと答えた。

戸越は、少し心が折れた。

面接の日が来た。ネクタイが上手《うま》く結べない。

「ちょっと歪《ゆが》んでいないかな。見てくれないか」

鏡の前で、戸越は、和子に助けを求めた。

「ネクタイで採用の可否を決めるような会社なら、止《や》めちゃいなさい」

和子はとり合わない。

しかたなくそのまま出かけた。

普段、結んだことがないネクタイが窮屈でしかたがない。

面接会場に入ると、日本写真フイルムの面接官の役員や社員が並んでいた。

戸越は、頭を下げてまで採用してほしいと思ってはいなかった。むしろ自分のような人材を採用しない方がおかしい。企業の損失だと思っていた。

「戸越正也です」

軽く礼をして、彼らの前に置かれた椅子に座った。

相手が、変な顔をしている。

「君の眼鏡、サングラスなのかい」

面接官の一人が聞いた。顔をしかめている。

「はあ?」

戸越は、眼鏡を外した。手に取ってレンズを見ると、茶色になっている。

調光レンズのせいだ。

「本当ですね」

戸越は、眼鏡をかけ直した。

ネクタイの歪みはなにも言われなかったが、調光レンズの眼鏡のことを言われるとは思ってもいなかった。

眼鏡で採用の可否を決めるなら、そんな会社、止めちゃいなさい。

和子ならそう言うだろうと思うと、度胸が定まった。

「普通の眼鏡がいいね」

面接官が苦しそうに言った。

「はい」

戸越は答えた。眼鏡のことはクリアーしたようだ。

「君、結婚はしないのか?」

教授を通じて、和子と同棲していることは話してあった。

「就職が決まれば、結婚するつもりです」

「それなら結婚してきなさいよ。同棲のまま入社するのもねぇ」

面接官が、隣の面接官と顔を見合わせ、頷《うなず》き合っている。

「結婚することが入社の条件ですか？」

「いや、まあ、条件ってことはないけど、社会人になるのにね。同棲というのはね。どうかなとね」

面接官は、やたらと「ね」を連発する。

「彼女と相談してきます」

戸越は、そう答えて面接を終えた。

拍子抜けだった。研究内容とか、志望動機などは聞かれなかった。

教授から、かなりのレベルで戸越に関する情報を入手していたのだろうか。

「内定をもらったよ」

帰宅した戸越は和子に言った。

「よかったわね」

和子はあっさりと答えた。

「条件がある」

「条件ってなんなの？」

和子が怪訝《けげん》そうな顔をした。

「君と結婚することだ。ちゃんと籍を入れてこいと言われた」

戸越は、よい機会だと思っていた。

今朝、結婚しようと言ったのを、あっさりと否定されていたからだ。

就職の条件なら、和子も納得するだろう。

「あなたと結婚することが就職の条件なの?」

「そうだよ」

「変な会社ね。私たちの生活スタイルと就職とは、まったく無関係よ」

和子は怒った。

「そりゃそうだけど」

まさか正面切って和子に文句を言われるとは思ってみなかった。

「籍なんか入れないわよ」

「僕と結婚したくないのか?」

「そういうことを言っているんじゃないのよ。就職の条件っていうのが気にいらないの」

本気で怒っている。

戸越は昭和二十一年生まれだ。和子は昭和二十二年生まれ。

団塊の世代は、昭和二十二年(一九四七年)から昭和二十四年(一九四九年)に生まれた世代のことを言うらしい。

その説に従うと、戸越はプレ団塊の世代、和子は団塊の世代ということになる。プレ団塊の世代も、団塊の世代も、「個」を大事にする。彼らの親の世代は戦中派であり、「集団」を大事にし、「個」を埋没させた反動だ。「個」を大事にする生き方が学生運動を起こし、新しい若者風俗をリードしてきた。

そして彼らは人口の中で、多数派だった。そのことがこの世代の最大の強さだった。

日本の成長は、この世代の頑張りにかかっていた。

和子も団塊の世代らしく「個」を大事にする。その度合は戸越以上かもしれない。

戸越は、女性なら結婚しようという言葉に弱いと思っていた。それが甘かった。和子は「個」を大事にし、自分自身に忠実だった。

しかし、戸越とすれば結婚を納得させなくてはならない。就職の条件でもあるが、いったん口に出した以上、簡単に引っこめるわけにはいかない。

男がすたる、と戸越は思った。

口に出せば、古い考えだと、和子に批判されるだろう。

「頼む」

「嫌だわ」

「頼む」

戸越は、頭を下げた。

「止《よ》しましょう。この話」

和子が切り上げようとする。

「いや、止めない。僕は君と結婚する」

「就職の条件だからなの。嫌だと言ったら、就職しないの？」

「就職もする。結婚もする」

戸越はきっぱりと言った。

和子がじっと見つめた。

「就職もする。結婚もする」

戸越はもう一度言った。

「私、まだ研究生活を続けるわ。いいの？　かいがいしいサラリーマンの奥さんにはならないわよ」

「そんなことは構わない」

「考えさせて……」

「明日まででいいか?」

戸越は聞いた。和子は頷いた。

翌日、和子は、戸越との結婚を了解した。

戸越は、晴れて日本写真フィルムの社員となった。企業内研究者としての人生がスタートしたのだ。

一九七三年のことだった。

*

「頑張ってねって、なにか意味があるのか?」

「あら、毎回、意味のあることを言わなくてはいけないわけ」

今もまだ大学の医学研究所で働いている和子は理屈っぽい。にやりと笑みを浮かべた。

「そういうわけじゃないけど、滅多《めった》に言われたことはないからな」

戸越は困惑した。

なにげなく言った言葉に意味があると考えたのが悪かったのだろう。

人は、他人に言葉をかける。それにはたいした意味はない。

しかし、受け取る側が意味を考える。聖人の言葉などは、たいていそういう類《たぐい》かもしれない。

「あなた最近、厳しい顔をしているからよ。フィルムがなくなるって、ぶつぶつ言っているじゃない」

「寝言でか」

和子は、笑って「まさか」と言い、「気がつかないの？　家でも独り言で言っているのよ。気味が悪いのよ」

「独り言でか」

「そうよ。ぶつぶつと呪文《じゅもん》みたいにね。あなたは入社以来、フィルム一筋でしょう。どうするのかと思ってね。心配しているのよ。仕事がなくなって、死なれたりしたら、寂しいでしょう」

和子が、さも意味ありげに笑みを浮かべた。

「ばか、死ぬわけないさ。なんとかしなくちゃならんと思っているわけさ」

「フィルムが本当になくなるの？」

「ああ、なくなる。間違いなくなくなる。デジタルカメラに駆逐される」

「あらあら、大変ね。あなた、失業じゃないの」

和子は本気にしていない。

「失業する。このままだと日本写真フイルムの社員全員が失業する」

自分で気づかないほど、ぶつぶつと独り言を言っている。それほど考えているということだ。

フィルムの未来について悩んでいるとは言わないが、考えているということだ。

それをからかうように「あらあら、大変ね」と他人事《ひとごと》のように言うことはないだろう。

「あなたがなんとかするわけ？」

和子は、目が大きい。くるくるとよく動く。特に好奇心を持つと動きだす。

「なんとかできないかと日夜、考えている」

「あなたは大丈夫よ」

「軽く言うな」

「軽くなんか言っていないわよ。本気でそう思っているわ」

「なぜ、そう思う」

「あなた、いつも言っているじゃないの。事業には寿命があるが、技術には寿命がないって。あなたの会社、技術の塊でしょう。それにあなただってフィルムに関しちゃ誰にも負けない専門家でしょう。それに……」

和子がくすっと笑いを洩らす。

「それに……。なんだ？」

戸越は首を傾《かし》げた。

「就職の条件に結婚を持ちだす変な会社は、そう簡単にダメにならないわよ。私があなたと結婚したのは、あの条件のせいよ。その責任は取ってもらうわ」

和子は、いかにも楽しそうだ。

戸越の危機を楽しんでいるかのようだ。この明るさにはいつも助けられる。

なぜ結婚するのか？　なぜ二人で暮らすのか？

一人では悩み過ぎてしまうからだ。二人でいると、どちらかの明るさに人は励まされる。なかには、二人とも暗く落ちこんでしまうこともあるだろうが、確率的には少ない。

「昔のことを持ち出したな」

戸越はにんまりとした。

「でも、その条件を満たしたことであなたと私の人生が決まったのよ。そしてあなたは日本写真フイルムで自由に研究を続け、好きな仕事をしてきたんでしょう」

「そうだな」

「あなたも今年は還暦よ」

「ああ、早いものだな」

昭和二十一年生まれの戸越は二〇〇六年の今年、還暦を迎える。

「もう一度、初心に戻ってみたら？　技術に寿命がないことを証明したらいいじゃないの。フィルムはなくなっても、あなたやあなたの会社の技術はなくなるわけじゃないわ」

和子の大きな目が、きらりと光った。

「わかった。もう行く」

戸越は、日ごろ考えていることを和子に言われて、迷いが晴れた気持ちになった。

事業には寿命があるが、技術には寿命はない。

これは戸越の持論であり、研究者、技術者としての誇りだ。この持論に間違いはないと思っている。

自信を持てばいいのだ。

今、考えなくてはいけないことは、その技術を生かして事業を創造しなければならないということだ。

事業には寿命がある。しかしそれによって事業会社に寿命があってはならない。

寿命のない技術を駆使して、新しい事業の生命を生みだし続けることが、事業会社を若返らせ、長生きさせるのだ。

写真は、一八二六年にフランス人のニエプスが原油に含まれる炭化水素であるアスファルトを感光板にして画像を写したことに始まる。

その後、数々の工夫がなされ、一八八九年にアメリカ人のイーストマンが創業したイーストマン・コダック社がセルロイドで巻き取り式のロール・フィルムを作り、一気に広がった。

日本写真フイルムが国産フィルム製造を目的に創業したのが一九三四年だ。

初めて写真が撮られてから、現在の二〇〇六年までで百八十年。現在のようなフィルムが登場してから百十七年。日本写真フイルム創業から七十二年。

長く愛されたフィルム事業が消えていく。それに代わるものを新しく創造しなければならない。

そして、それはフィルムのように長く愛されるものでなければならない。数年で、跡かたもなく消えていくようなものであってはならない。

「還暦か。初心に還《かえ》る年とも言えるなぁ」

戸越は、駅へ歩く道、和子の言葉を反芻《はんすう》した。

六十歳になるまで必死で企業戦士として働いてきた。その結果が、お前のやってきたことが時代遅れだという現実を突きつけられるのでは、あまりにも寂し過ぎる。否、悲し過ぎる。

これは、多くの日本写真フイルムの研究者たちに共通する思いだ。

戸越が、今日、秘めている決意とは、まさにそのことだった。

技術者、研究者魂を再生すること、それを社長の大森に進言するのだ。

大森は、今日、経営計画の修正を発表する。そこにはフィルム部門の人材の大幅なリストラが織りこんである。それを阻止することはできない。

しかし、リストラとは、単に人を削減することではない。

人は単なる数字ではない。

人とは、強い思いだ。人は会社に対して愛情を抱き、自分の仕事に対する誇りを持っている。リストラは、それらをもう一度燃えあがらせるものでなければいけない。

そのことを大森に言わねばならない。それが研究所の所長としての責任だ。

井《い》の頭《かしら》線高井戸《たかいど》の駅が見えてきた。

戸越は、足を速めた。

3

足柄研究所の食堂から繋《つな》がる屋上庭園には、緑の芝生が敷き詰められ、石畳沿いにベンチが点在している。

眼下には、南足柄市の街並みが広がっている。

北に丹沢《たんざわ》、西に富士山、南西に箱根《はこね》と自然に恵まれ、これらの山々に抱かれている街にふさわしく家々の間にも緑が豊富だ。

一月とはいえ、あまり寒くはない。このあたりは夏涼しく、冬暖かい。

夏には背後の山々から涼しい風が、冬には南に広がる相模《さがみ》湾から暖かい風が吹いてくるからだろう。

「ああ」

咲村悠人《さきむらゆうと》は大きく背伸びをした。

「ここにいたのか」

三井健太《みついけんた》が声をかけてきた。

「あれ、健太、珍しいな。研究所に来るなんて」

「ちょっとお前の顔を見たくてね」

健太は冗談っぽく言ったが、表情は浮かかない。

「そこに座るか？　今日は暖かいなぁ。俺、こんな日、一番好きだよ。小春日和《こはるびより》っていうのかな」

悠人はベンチに腰をかけた。

「小春日和っていうのは、晩秋から初冬の話だから、今日は冬の晴れ間っていうんじゃないか。まあ、どっちでもいいけどね」

健太は、悠人の隣に腰を下ろした。

悠人と健太は日本写真フイルムに同期で入社した。

しかし二人は分野が違う。悠人は大学の理系学部出身。研究所で研究者として勤務していた。

一方の健太は、大学の文系学部出身。本社で写真材料などの営業企画を担当していた。

二人は、いわゆるバブル入社組だ。

これは一九八八年から一九九二年入社の人たちに冠せられた、あまりありがたくない称号だ。

彼らが入社した時期は、日本がバブルという好景気に踊っていた時代だった。

まさに踊っていた。

女性たちは、ディスコで激しい音楽に身体をよじり、踊り、鳥の羽根のような扇子を振る。

彼女らの身につけた身体のラインがくっきりと出る、吸いつくような服は、男どもの視線を虜《とりこ》にした。

仕事は山ほどあった。こなしてもこなしてもこなしきれない。

企業は呆《あき》れるほど儲《もう》かり、利益の使い道に困り、財テクや不動産、株式投資に狂奔《きようほん》した。

日本はアメリカを、世界を買うなどと豪語し、傲慢《ごうまん》の極致に達した。実際にアメリカの不動産や世界の名画を買いまくった。

バブルという言葉が、これほどふさわしい時代はなかった。

風船のように膨らむだけ膨らんだ景気は、水面に浮かぶ泡のように、はたまた空中を漂うシャボン玉のように、あっという間に弾《はじ》けてしまった。

このバブル時代に企業は競って新入社員を採用した。どの企業も数百人、なかには数千人という単位で採用した。

銀行など金融機関が理系学生を大量に採用して、批判を浴びたのもこのころのことだ。

就職活動の解禁日に訪問してきた学生を面接もそこそこに、ホテルに監禁し、全員に内定を出した銀行もあったという。

企業が新入社員獲得競争に走ったのは、幾ら採用しても将来の成長についていけない、人材不足になるのではないかという強迫観念からだった。

この時期に採用された新入社員は、入社後、不幸な会社員生活に陥《おちい》る運命だった。

まずバブルが崩壊した。

正確にはいつ崩壊したかは不明だが、株価だけを取ると、彼らが入社した一九八九年の三万八千九百十五円が日経平均のピークだった。それ以降は、株価は不動産価格とともに急落していった。

バブル入社組は、実はバブルの崩壊に気づかなかっただけで、バブル崩壊入社組だったのだ。

バブル崩壊に有効な手を打てないまま、日本経済は失われた十年、二十年という長期低迷期に入っていく。

バブル入社組の社員は、各社で入社した途端に会社の業況悪化に直面する。期待していた新規事業は、次々と中止に追いこまれる。給料は上がるどころか、どんどん下がる一方だった。

入社時に苦労をしていない彼らは、どことなくのんびりとしていて、どの部署に行っても邪魔者、余計者扱いを受けた。

十分な社内教育も施されず、十把《じっぱ》一絡《ひとからげ》の扱いを受け続けた。

彼らも入社後十四年から十八年も経《た》った今日《こんにち》、年齢的に三十代後半から四十代になった。

企業にしてみればポストを用意しなくてはならない。入社した時には、明日にでも管理職のポストにつけるといった甘い夢を見せたのだ。

企業には、その責任がある。

しかし、新しいポストはなく、リストラに次ぐリストラで、従来あったポストさえなくなってしまった。

人員構成上、膨らんだ彼らを処遇するポストを用意できない。

ひどい言い方をする人は、彼らを「人材の不良債権」と呼んだ。

彼らは、会社の中で、数が多く、ひときわ膨らんだ瘤《こぶ》、それも取り除くべき癌《がん》細胞のような瘤となった。

彼らを襲った不幸は、会社のポスト不足だけではない。

彼らの先輩は、男女雇用機会均等法第一世代であり、後輩は就職氷河期世代だ。その間に挟まれてしまったのだ。

彼らを挟む両世代ともがむしゃらに働くタイプだ。特に就職氷河期の世代は、バブル崩壊後の厳しい就職戦線を戦い、勝ち抜いただけのことはある。昔風に言えば、滅私奉公タイプ。会社によっては、彼らを抜いて、就職氷河期世代を管理職に抜擢《ばってき》するケースも多い。

のんびり屋の彼らは、具がはみ出しそうになっているサンドイッチ状態だ。

しかし、本当は会社にとって最大勢力である彼らに頑張ってもらわなければ、この不況下に生き残る道はないのだ。

日本写真フイルムにもバブル入社組がいる。例年とは比較にならないほど多くの新入社員を採用したからだ。

だがバブルに踊ることがなかった日本写真フイルムでは、彼らが人材の不良債権と化しているということはなかった。

しかし、それでも三十代後半から四十代の中堅である彼らの頑張りが会社の運命を左右するという現実には変わりない。

それなのにどういうわけか危機感が少なく、のんびりしているのが彼らだった。

悠人は典型的なバブル入社組と言えるかもしれない。のんびり屋で危機感が少なく、がつがつしていない。なんとかなるさという甘さが目立つ。

まだ健太の方が、目端が利《き》く。バブル入社組にも、それぞれ多種多様な個性があるのは当然のことだ。

「昼飯食ったら、いつもここか？」

健太が聞いた。

「ああ、ここから周囲の景色を眺めながら、深呼吸するんだ。気持ちいいぞ」

悠人が答えた。

「いいな、お前はいつものんびりしていて。お前を見ていると、癒《いや》されるよ」

「人をペットかなにかみたいに言うなよ」

悠人が苦笑する。

「俺もお前も入社して十七年だな。誕生日が来れば四十歳になる……」

「健太と仲良くなったのは、お互い誕生日が七月一日で一緒だったからだよな」

「ああ、たまたま文系、理系関係ない入社時社員研修で偶然出会って、その話になって驚いたんだったな」

「もうあれから十七年かぁ。結構、早いな」

「ああ、早い……」

会話が途切れた。

いつもなら彼らの背後に雪を頂いた富士山が見えるのだが、今日は雲が厚く、見えない。

悠人はこの大自然に抱かれた研究所勤務でよかったと思っていた。

大学では遺伝子などの研究をした。

フィルムとはまったく関係がない。ではなぜ日本写真フイルムに入社したのか？

それは採用してくれたからとしか言いようがない。

写真をやりたかったわけでも、フィルムに関心があったわけでもない。

しかし、大学にいるより自由な雰囲気で研究させてくれる気がしたから入社を決めた。

実際、それは間違っていなかった。悠人は、会社に入ってからもフィルムとはまったく関係のない細胞や遺伝子の研究を続けていた。

今日に至るまで会社になにか貢献したということはない。

それでもクビになることなく、自由に仕事をさせてくれている。それに結婚もし、子どももできた。夫婦ともこの自然豊かな南足柄市の環境を気にいっている。

悠人は、よい会社だと満足していた。

「俺さぁ、会社を辞めようかなと思っているんだ」

健太が街並みの景色を眺めたまま、呟くように言った。

悠人は、はっとした。

変だなとは思っていた。会った時から健太にいつもの潑剌《はつらつ》さがなかったからだ。

健太は、同じ世代とはいえ、悠人から見て、仕事ができるタイプだった。

フィルム機材の問屋から小売店、プリントラボショップなどをくまなく回り、フィルムや機器のセールスをこなしていた。

成績もよく、地域営業のリーダーにも抜擢《ばってき》されている。

悠人にとっては、まぶしい輝きを放つ同期だった。

「どうしたんだよ」

悠人は、表情を曇らせた。

「フィルムが消えてしまうんだよ」

健太が呟いた。

「なにを言っているんだ。なくなるはずがないじゃないか」

悠人は、意味なく不安げな笑いを浮かべた。

「お前もフィルムの売り上げが急減しているのは知っているだろう?」

健太が悠人を見つめた。その目は、思いのほか真剣だった。

「ああ、情報としてはね。デジカメが急速に普及したからね」

「新興国の需要があるだろうと言って、ついこの間まではフィルムとデジカメは共存できると考えられていた。しかし、やっぱり共存できなかった。どんどんフィルムを駆逐しているんだ」

健太の話を聞いて、悠人はあることを思いだした。

ベトナムに出張した時のことだ。

ハノイの郊外を車で走っていた。休憩するために車を止めて、外に出た。

田園風景が広がっている。

農夫が牛を使って、田を鋤《す》いていた。

まるでかつての日本の田舎の風景のようだと、思いっきり深呼吸をしたい気分になった。

その時だ。鼓膜を震わせるけたたましい音が聞こえてきた。

携帯電話の呼び出し音だ。悠人は、自分のではないかと、上着のポケットを探った。取り出してみたが、自分の携帯電話は静かだ。

おかしいな。まさか……。

牛を追いたてながら、田を鋤いている農夫が、なにやら耳に当てている。

携帯電話だ。

悠人は、衝撃を受けた。

文明とは段階的に発展するものではないのだ。ある日、突然、便利なものが流入してきて、人々の生活を一変させてしまう。文明とは、そういうものだということを実感した瞬間だった。

日本に西洋から電話が入ってきたのは明治のころだ。人々は、遠くに伝わる道具だと聞きつけ、電話線に荷物をくくりつけた。

固定電話がいくら一般に普及して身近になっても、庶民にとって電話がパーソナルなものになることはなかった。

その後、電電公社が民営化され、携帯電話が登場すると、電話は一気にパーソナルな道具となった。

電話線が張り巡らされた電話機は家やオフィスから駆逐され、街の至る所にあった公衆電話も消えた。

人々は、手に手に自分の電話機を持つようになった。

電話の発展段階を日本の社会で見ると、文明というものは、段階を追って進んでいくものと思っていた。

だから新興国も日本と同じように、電話線の固定電話が普及してから携帯電話が普及するものとどこかで信じていた。

しかし、それは間違いだった。その時代の最も便利な道具が、どこであろうと一気に普及するのだ。

文明とは飛躍して、伝播《でんぱ》するのだ。携帯電話で通話する農夫を見て、そのことを悠人は実感した。

考えたら当たり前だ。今の子どもたちには、固定電話も公衆電話も縁遠い。それらは歴史の遺物でしかない。彼らにとってはいきなり携帯電話なのだ。

文明とは飛躍して伝播する。このことを認識していたら、フィルム需要が新興国で大きくなるとは考えなかっただろう。

新興国は、フィルムを使う前にデジタルカメラを使うのだ。

「俺はフィルムの事業から外れているからな。でも……、信じられないな」

悠人は、ベトナムの農夫の姿を頭から払拭《ふっしょく》しようとした。

「お前、本気で、フィルムがなくならないと思っているのか」

健太が真剣なまなざしで悠人を見つめた。

「うん、まあ、そうだな」

悠人は、曖昧《あいまい》に答えた。

「日本写真フイルムってのは、なんの会社だ？」

「フィルムの会社だよ」

「その会社からフィルムがなくなるんだ。どういうことかわかるだろう？」

「潰《つぶ》れるとでも言うのかい？」

悠人は暗い気持ちになった。まるで今日の灰色の厚い雲のようだ。

「そこまでは言わないさ。でもきわめて厳しくなることは間違いない」

健太は唇を固く結んだ。

「でもさ、フィルムがなくなるのと、お前が会社を辞めるのとどういう関係があるんだ？」

悠人は聞いた。できれば思いなおしてほしい。

「リストラさ。フィルム、写真部門で五千人もクビを切られるんだ。日本写真フィルム始まって以来の重大事だ。お前も聞いているだろう」

社長の大森が、重大な計画を発表するとは聞いていた。

その計画に人員のリストラが含まれていて、かなりの数にのぼるという噂《うわさ》は悠人の耳にも達していた。

「噂はね。発表はいつ？」

「確か今日だと思うよ」

「今日の記者会見か？」

「そうじゃないのか」

「リストラはわかった。でも健太がリストラされるとは限らないだろう。辞める必要はないよ」

「俺がリストラ対象になっているかどうかは知らないけれど、入社以来、フィルム、感光材などの営業一筋で頑張ってきたんだ。俺、結構、頑張った。でもその仕事が会社から要らない、不要だと言われたんだ。がっくりしたよ。フィルムがなくなった日本写真フィルムって、日本写真フィルムじゃない。俺は将来性がない会社は嫌いなんだ」

健太はベンチから突然、腰を上げ、立ちあがった。

悠人は健太を見上げた。

健太は、先を見過ぎるところがある。これは理系と文系の違いかもしれない。理系の人間は、倦《う》まず、繰り返し同じ実験を行う。その先に重大な真理を発見するかもしれないからだ。

失敗だ、ダメだと次々に新しいことをやっていては真理に到達しない。

文系人間は違う。先を読み、他人より早く手を打とうとする。そうでないと他人に負けるからだ。

どちらも一長一短がある。

理系人間のように、同じことを繰り返していたら時代に取り残されてしまう可能性がある。頑固で要領が悪いからだ。

運よく、真理にたどり着けたらいいが、たどり着けなかったら人生が無意味だったということにもなりかねない。

文系の人間は、経営者として活躍する人が多いが、あまり先を読み過ぎて、杞憂《きゆう》のあまり、悲観的になり過ぎることがある。

もう少し辛抱していれば、局面が打開でき、新たな発展がある可能性があったことも、みすみす見逃してしまう。要領がよすぎて、目先の実績に囚《とら》われ過ぎるのだ。

理系人間と文系人間を上手く組み合わせることが、経営の妙なのだろう。

「そんなに将来性がないのか？」

「ないさ。フィルムがあるおかげで、収益が上がっているんだ。それがなくなるんだよ。毎年、二〇％、三〇％って減っていくんだ。それに代わるものがあるか？」

健太は、ベンチに座っている悠人を覗《のぞ》きこむように見つめた。

突然、代わるものがあるか？　と問われてもおいそれと答えられる質問ではなかった。

悠人は血液検査に使う機器の開発などに従事しているが、これがフィルムに代わるとは思えない。たしかに一台当たりは高価だが、フィルムのように一般の人が使う消費財ではない。

「ないだろう？」

「じゃあ、デジカメはどうなんだい？」

日本写真フイルムは、フィルムを駆逐しようとするデジタルカメラのトップメーカーでもある。

「たしかにデジカメではトップメーカーだよ。だけどデジタル製品というのは、最終的に技術移転していくものなのさ」

健太がしたり顔で言った。

「どういうこと？」

悠人は首を傾げた。

「かつての繊維などの技術と同じで、どんどん新しい国や企業に移転していき、先を走っていた国や企業を駆逐していくんだ。デジタル技術は部品さえそろえば組み立てだけだから、真似をしやすいんだ。あっと言う間にどの国でも先進国並みの製品が作れるようになる。新興国向きの産業なんだよ」

「薄型テレビみたいなものだね」

「そうだよ、その通りさ。それに加えてデジカメは国内でも競争が激しいんだ。電機メーカーなど競合する会社が多い。フィルムのように七〇％もシェアを取れるものじゃない。価格もどんどん安くなるから利益は出ない。いずれ部品の供給体制さえ整えば、韓国や中国のメーカーが市場にどっと参入してきて、比較的価格の高い日本メーカーは、おちおちしていられなくなると思うよ。消費者は、性能より価格志向が強いからね」

「だからデジカメも将来性がないと言うのかい？」

「ある一定のシェアは獲得するだろうけど、フィルムのように日本写真フイルムを支える事業にはならないさ」

健太は天を仰《あお》いだ。

「だからって辞めることはないだろう？」

悠人はわずかに怒りを覚えた。

勝手に事業の将来性を見限って、会社を見捨てるなんて、目の前に氷山を発見して、退避行動も取らず、その努力もせず、船長以下船員が客を見捨てて、船から逃げだすようなものではないか。

「悠人も辞めないか？」

健太が強い視線で悠人をとらえた。

マジだな、こいつ。

「俺が？」

「そうさ」

「辞めてどうするの？」

「わからないさ。わかれば、悠人に会いに来ないさ」

「馬鹿だな。健太は、独身だろう。だからそんないい加減なことも口に出せるんだ。俺には、女房も子どももいる。そう簡単じゃないさ」

悠人は、ますます腹が立ってきた。

「そう言うだろうと思った。まったく腹案がないってことはない。俺は、営業が得意だから、専門家や写真好きを対象としたフィルムやその周辺の機材に特化した会社を作ろうと思うんだ。大手が手掛けられないニッチなところを狙う」

健太は、得意げに鼻の穴を膨らませた。

「フィルムがなくなると言いながら、フィルムに関わり合う会社なんて、矛盾だな。おかしいよ」

悠人は不機嫌に言った。

「逆張りってところだな。それに俺、やっぱり写真やフィルムが好きなんだ。それから離れていく日本写真フイルムを想像できないんだよ」

健太は悲しそうに言い、ふたたびベンチに腰を下ろした。

会話が途絶えた。

背後の丹沢山系から風が吹きおろしてくる。寒くなってきた。

悠人は、健太の寂しそうな横顔を見た。健太はフィルムが好きなのだ。

入社以来、フィルム営業一筋で今日まできた。それがある日、中断されてしまう。

どこへ行ったらいいのだろうか？

迷い、寂しさ、そして中断した会社への怒りが湧いてくる。それが退職という気持ちを後押しするのだ。

自分は、健太ほどフィルムを愛しているだろうか？

ふいに、なぜ自分のような門外漢の研究をしていた人間を日本写真フィルムは採用したのだろうか、という思いがよぎった。

フィルムメーカーなら化学関係の人間を採用すればよい。それを遺伝子や生物系の研究をしていた自分を採用した。

いくらバブル期とはいえ、あまりにも会社の事業と無関係だ。だからというわけではないが、今まで特筆すべき貢献をしていない。

自分は、こういう日のために採用されたのではないのか。

人は石垣、人は城という。「人は城、人は石垣、人は堀、情けは味方、仇《あだ》は敵なり」という戦国武将武田信玄の言葉から採ったものだ。

きちんと形をそろえた石を隙間《すきま》なく組んだ石垣と、形が不揃いな石を不揃いなまま組み合わせた石垣と、どちらが崩れにくいか？

一見すると、整然と隙間なく組んだ石垣が強そうに見える。しかし実際は不揃いな石を組んだ石垣が強い。それはそれぞれの石が多面的に接触しているからだ。

会社も同じではないだろうか。同じような人材だけを集めた場合は、いざという時に弱い。エリートばかりいる官僚組織で間違いが多いのもそのせいだ。会社には多種多様な人材が必要だ。多種多様な人材が、集まり、力を発揮すれば、危機を乗り越えられるだろう。

　自分もそのために採用されたのではないだろうか？　会社の危機に際して、自分にできることはないだろうか？

「なあ、健太」

　悠人は、健太に呼びかけた。けだるそうに健太が振り向いた。

「退職するの、早まるなよ。俺がなんとかするから」

「なんとかって？　お前が？」

「そう、会社の危機だろう。今までたいして役に立っていないから、なにか役に立ちたいんだ。健太が、営業で張りきりたくなるようなものを作る。フィルムに代わるものを作ってみせるよ」

　悠人は健太を見つめた。

「本気か？」

　健太が聞いた。

「本気だよ。なんだか十七年経って初めてやる気が出てきたよ。俺って、エンジンのかかりが相当、遅いな」

　悠人は立ちあがって、健太に振り向き、微笑《ほほえ》んだ。

「相当、遅い。遅すぎるぞ」

健太が苦笑した。

「いや、遅すぎるってことはない。これからさ」

一瞬、西の空を覆っていた雲が割れ、雪を頂いた富士山の峰が顔を出した。しかし、すぐに元の厚い雲に隠れてしまった。

4

「フィルムが消えてなくなれば、日本写真フィルムもなくなるのですか？」

記者から容赦ない質問が飛んでくる。

「徹底した構造変革を成し遂げ、安定的に利益を確保していくことができる事業を再構築いたします。日本写真フィルムがなくなるようなことは絶対にありません」

大森は、腹立たしさを抑えて笑みを作ろうと努力した。

しかし、西郷隆盛《さいごうたかもり》のようだと言われる太い眉、ぎろりとした大きな目、肉厚な顔、大学時代にアメリカン・フットボールで鍛えた盛りあがった肩の筋肉など、身体の各パーツから攻めのオーラが発せられていく。どうしても攻撃的になってしまう。

側《そば》に控えている広報課長の薫子がはらはらしているのがわかる。

会見で発表した修正計画の内容は、大森の構造改革にかける断固たる意志を十分に反映したものだった。

　人員削減は、写真感光材料事業に関わる人材一万五千人のうち、国内で千人、海外で四千人、計五千人削減する。

　国内では早期退職募集を実施する。海外では解雇も検討する。

　工場などの拠点は閉鎖しないで、フィルムなど写真感光材料の生産能力を世界全体で三〇％減とする。

　二〇〇七年三月期までにリストラ費用として約千六百五十億円を計上するため、二〇〇六年三月期の連結営業利益予想を、前年十月に発表した千七百億円から七百五十億円に、当期利益予想を八百五十億円から二百億円にそれぞれ大幅に下方修正した。

「リストラによる収益寄与額は、年間五百億円を見込んでおります。液晶ディスプレー向け材料や印刷、医療機器などに経営資源を集中し、二〇〇八年三月期には営業利益を二千億円に引きあげます」

　大森は、今回の計画は「ＶＩＳＩＯＮ75」の発展的修正であり、第二の創業への一歩と位置づけていた。必ず計画を達成し、成長軌道に乗せなくてはならない。

「フィルムの減少が予想以上に急であるようですが、主力製品が消えてしまうという未曾有《みぞう》の事態に直面して、いったいこれからの日本写真フイルムはどこに向かうのですか？　本当に構造改革は間に合うのですか？」

記者が皮肉っぽい表情で言う。

「さきほど説明しましたように新しい分野で着実に利益を上げてまいります」

「なんだか特色のない、面白くない会社になりそうですね。いや、これは質問ではありません。私の勝手な感想です」

記者が薄笑いを浮かべたため、つられて他の記者が失笑した。

気分の悪い記者だ。目の前で怒鳴り倒してやりたい。

「ニコンもフィルムカメラ事業を大幅に縮小しました。コニカミノルタはカメラ、写真フィルム事業から全面撤退しました。これで日本写真フイルムまで写真フィルム事業を縮小するとなると、日本の写真文化の担い手がいなくなってしまいます。どうなるのでしょうか？」

別の記者が質問した。

「カラーフィルムの需要は、年率一〇％の減少を見込んでいましたが、実際は二〇％以上減少しております。こういう状況ですが、カラーフィルムの生産は続けます。ただし種類は絞らせていただくことになります。写真は、我が社の原点です。そしてそれは人生の喜びや悲しみを写し、記録してまいりました。まさに写真は人生とともにあるのです。この写真文化は、守り続けます。お約束いたします」

大森は強い口調で言いきった。

会社の役割は利益を上げることだけではない。利益だけを考えるなら、さっさと不採算な事業は切り捨てるべきだ。

日本の写真文化を中心で担ってきたのは日本写真フイルムだという自負がある。

「写真文化を守る」ことは、会社の肝だ。

大森は、再度、「写真文化は必ず我が社が守ります」と質問した記者に答えた。

大森の大きな目が記者を見据えた。

記者は一瞬、たじろぎ、表情を強張《こわば》らせたが、すぐに笑みを取り戻した。

「実は、私は写真が大好きなんです。ぜひ写真文化を守ってください。お願いします」

記者は軽く頭を下げた。

「よかったですね」

薫子が囁《ささや》いた。

リストラ発表で緊張し、ぎすぎすしていた会見場の空気が、わずかに和《なご》んだように大森は感じた。

「うん」

大森は、小さく頷いたが、笑みはなく、厚い唇がへの字に曲がっていた。

第二章　化石プロジェクト

1

大森は、社長室の書棚に近づくと、飾ってあったアメリカン・フットボールのヘルメットを取り出した。それを自分の机の上に置いた。

そこには「ジョー・ネイマス」というサインがあった。

アメリカン・フットボールの往年の名選手だ。ニューヨーク・ジェッツで大活躍した。二枚目で、陽気で、怪我《けが》なんかなんでもないという顔でフィールドを支配し続けた。

女性にもてた。だからブロードウェイ・ジョーとも呼ばれた。

このヘルメットに触れると、勇気が湧いてくる。全てを蹴散《けち》らして、走り続けることができる気力が沸々と湧きあがってくる。

目を閉じると、歓声が聞こえてくる。ボールを握りしめ、全身に闘志をみなぎらせ、ヘルメット越しに相手を睨《にら》みつける。足は、今にも地面を蹴ろうとしている。殺されてもボールは放さない。目の前の、熊のような男に体当たりし、倒し、全力で走り抜けるのだ。断固として進め。

大森はもともとは柔道選手だった。ところがアメリカン・フットボールの試合中に学生が亡くなるという事故が起き、アメリカン・フットボールは危険なスポーツだという評判が立った。部員が集まらなくて困っているという。それなら自分がやってやる。

大森は、あえて危険なスポーツを選んで、大学でアメリカン・フットボール部に入った。

火中の栗《くり》を拾うリスクを覚悟するタイプなのだろう。

結果として、それはよい選択だった。アメリカン・フットボールは、大森に多くのものを与えたのだ。

言葉で表すならば「戦略、チームワーク、スピード、闘魂、勇気」ということになるだろう。これは経営そのものだ。

経営もアメリカン・フットボールも勝つための戦略を立てねばならない。そしてそれは戦いの状況に応じて変化させねばならない。

そしてチームワークだ。これは傷をなめ合う仲良しクラブではない。それぞれが明確に役割を認識して、責任を果たすのだ。

スピードは絶対に必要だ。どこにパスを通すか、どこを走るか、瞬時に間違いのない判断をし、決断を下し、実行しなければならない。この瞬時に判断、決断するスピードがなければ、相手にすぐに倒され、敗北してしまう。

なんど神になりたいと願ったことだろう。間違うことがない判断、決断ができるのは神だけだとしたら……。

しかし神でない以上、間違えることもある。その間違いを決定的な事態にしないためには、それらを補い、支えねばならない。それが闘魂、勇気だ。

判断、決断を下した以上、前を向き、突き進むのだ。責任は、自分が取ればいい。

大森は、今を、日本写真フイルムの「第二の創業」だと考えている。新しい会社に生まれ変わらせるのだ。

そのためには命懸けで判断し、決断し、実行し、突き進む。それだけだ。

成功の果実は自分以外の者が取ればいい。もし失敗するようなことがあれば、その責任は自分が取る覚悟だ。

しかし、大森の頭には失敗のイメージはまったくなかった。フィールドに躍動するジョー・ネイマスの姿だけが浮かんでいた。

2

秘書がインターフォンで伝えてきた。

「戸越所長がお見えです」

戸越？　何の用だろうか。

「通してくれ」

大森は答えた。

戸越は普段は足柄にいる。今日、来るとは聞いていなかった。たまたま空いていたからよかったものの、なにか急な事態でも発生したのだろうか。

ノックが鳴った。

「どうぞ」

大森が言う。書棚にヘルメットをしまった。

「失礼します」

ドアが開き、戸越が入ってきた。背が高く、姿勢のよい男だ。大森のように胸板は厚くはないが、どこか剣士のような雰囲気が漂う。

「どうした、なにか急用か？」

大森は、戸越の表情が硬いことが気になっていた。

「記者会見、お疲れさまでした。上手《うま》く行ったようですね」

「さあ、どうかな。上手く行くとか、行かないとか、そんなことは些末《さまつ》なことだ。言うべきことを言う。伝えるべきことを伝える。それだけのことだ」

わざわざ記者会見の慰労に来たわけでもあるまい。そんな暇な男ではない。

「ついにリストラを発表なさいましたね……」

「ああ、発表した。背水の陣だ。銀塩フィルムで儲《もう》かる時代は過ぎたんだ。今や生きるか死ぬかの時代だ。急がなければ我々は市場から追放されてしまう」

大森は強い口調で言った。

「社長の危機意識は年頭の檄文《げきぶん》で十分に肝に銘じました」

大森は、年頭の社内報に「真の変革に向けて」と題する社員向けのメッセージを書いた。

「檄文？　あれは年頭の挨拶《あいさつ》だよ」

「いえ、檄文でした。乱を呼びかける檄文でした」

戸越は、真剣な表情で言った。

「座るか？　コーヒーでも取るよ。ちょうど予定が入っていなかったんだ」

「そのことは確認して参上しました」

戸越は、ソファに座った。

大森は、秘書に電話し、コーヒーを持ってくるように言った。そして戸越の前に座った。

「あれは檄文でした」

戸越は大森を見つめ、もう一度言った。

大森は、年頭の挨拶に、現在をまったく新しい会社を作っていくに等しい時代だと位置づけ、二つの挨拶を伝えたいと書いた。

そのメッセージの一つは、「イメージングのリーディングカンパニーとして勝利する！」だった。

日本写真フイルムは、液晶テレビのフラットパネルディスプレーに使用するフィルム材料など新分野のおかげで、利益は出ている。

しかし、イメージングというフィルムなどの分野の営業利益は、二〇〇四年中間期、二〇〇五年中間期の比較では百億円近くも減少し、五十億円の赤字となったのだ。

「もはや待ったなしの状況だ。これまでの繁栄の中で積もりに積もった重い製造設備、生産体制、ラボ網、流通販売体制のうち、真に必要なものを残してバッサリと脱ぎ捨てよう」

と、大森は訴えた。

お屠蘇《とそ》気分に浸っている社員を震えあがらせる内容だった。

いったいどの企業の社長が、待ったなしとか、バッサリとか、こんな直截《ちょくせつ》な言葉を使うだろうか。

普通は、もっと緩く、曖昧《あいまい》な言葉を使うだろう。それはトップの言葉が持つ影響力、あるいは破壊力と言ってもいいだろうが、その力を警戒するからだ。

やる気を出す人もいれば、必ずなくす人もいる。

「力が湧いてきました」

「そうか」

「特に、写真文化を守るという宣言には心を震わせられました。感動しました」

大森は、日本写真フイルムが、将来どういう企業内容になろうとも、イメージング、すなわちフィルム、写真関係のリーディングカンパニーとしての誇りを持つべきだと考えていた。

写真は、人生の喜び、悲しみ、愛、感動など全てを表現する。人生に絶対に必要なものだ。その重要な担い手として日本写真フイルムの存在がある。

「(日本写真フイルムは)それ(写真文化)を守る」と大森は書いた。

企業は、冷静な論理だけでは動かない。

それは人が働き、人が動かしているからだ。

人は、論理だけで動かない。論理だけで動けば、窮屈で、ストレスになる。

人は情で動く。情を刺激してこそ、人は喜びを感じながら動く。

企業も同じだ。企業も情で動く。「それを守る」とは、大森が社員たちの情に訴えた言葉だ。

あえて言えば大森は、どうしたら社員が動きだすかと論理的に考えて、情に訴える言葉を選択したのだ。

「君も写真が好きだからな」

大森は、戸越に微笑《ほほえ》みかけた。

戸越の写真好きは有名だ。高校生の時から自宅に暗室を持ち、撮った写真を自分で現像していたと聞いたことがある。

「はい、今まで写真一筋で生きてきましたから」

戸越も微笑んだ。

「しかし、これからは我が社は変わるぞ。変わらねばならない。日本写真フイルムの名前から写真の文字も取る。写真だけの会社ではなくなるんだ」

大森は、日本写真フイルムという伝統的な社名から「写真」の二文字を取り、日本フイルムや日本ゼロックスなどを傘下に持つ日本フイルムホールディングスをスタートさせることを決めていた。

名は体を表す。名前を変えることで、企業内容も変えるのだ。

「第二の創業ですね。起業せよ！　ですね」

大森の二つ目のメッセージが「起業せよ！」だった。

大森や戸越たちは、日本写真フイルムが持つ技術にどんなものがあるか、議論を重ねていた。

役員同士で、製造現場の技術者同士で、研究所の研究者同士で行われた議論は、「技術の棚卸し」と称されていた。

たとえば、今までは幾つかある研究所の中で技術や研究成果が死蔵されているケースがあった。A研究所の技術や研究成果があれば、B研究所の研究がスピードアップするにもかかわらず、情報交換がないために、それは生かされることがなかった。

またあまりにも普通の技術だと考えていたために、他社に比べて高い優位性を持っていることに気づいていなかった。

いったい日本写真フイルムとはどんな会社なのか。それを見極めるのが技術の棚卸しだった。

その中から次代を担う事業分野を発掘し、展開しなければ、企業の未来はない。なにを選択し、なにに投資し、何を開発し、何を事業化するか、そのタイミングは、そのスピードは、どれをとっても大森にとっては胃がきりきりと痛む判断と決断の繰り返しになる。

技術は基盤だが、それだけでは事業にならない。事業とは社会に新しい価値を提供し、その対価として利益を得られるものでなければならない。そうでなければ趣味だ。趣味では企業は生きていけない。

「社長」

戸越は、語気を強めたかと思うと、姿勢を正した。

「いきなりなんだね」

大森は驚き、大きな目を一層、見開いた。

「私をリストラしてください」

戸越は頭を下げた。

「君、どうかしたのかね。頭がおかしくなったんじゃないのか」

大森は不愉快そうに首を傾《かし》げた。

「五千人もの人材を、特にフィルム関係の人材をリストラされるわけです。私は、今日の今日までフィルム一筋で生きてきました。当然、私はリストラされるべきです」

「どこから引き抜きでもあったのかね。君は我が社の技術の要《かなめ》だよ。不愉快だ。帰りたまえ」

大森は、全身から怒りのエネルギーを放出し、ソファから立ちあがろうとした。いっそのこと目の前のコーヒーをこの愚かな男にぶっかけてやりたいと思った。

「社長、誤解しないでください」

戸越は冷静に言った。

「何が誤解だね。君はリストラ対象なんかに入ってはいない」

大森の太い眉が吊りあがっている。こうなると本当に怖い。幼い子どもなら泣きだしてしまうだろう。

「私は、社長の危機感溢《あふ》れる檄文に気持ちを高揚させられてここにまいりました。その男が、他社に引き抜かれていくなどということはあり得ないでしょう。社長こそ、私を見くびらないでください」

「君は私に喧嘩《けんか》を売りに来たのかね」

「そうではありません」

戸越は冷静だ。

「話したまえ。なぜリストラしてほしいのかね」

大森は、息を整えた。戸越が冷静なのに自分が興奮していてはおかしい。

「我が社のリストラは創業以来初めてのことです。これによって社員、役員全てが危機感を共有しなければなりません。そのためには私も今までの地位に安住しているわけにはいかないと思いました。自らを不退転の位置に置いてこそ、今回のリストラは生かされると思うのです」

戸越は淡々と話し始めた。

「背水の陣というわけだね」

大森は言った。

「社長は、終戦時の満州で、お父上から短刀を渡されたとお聞きしています。お父上は、もしソ連軍や中国軍が来たら、これで母と姉を守って戦え、そして恥ずかしくない死に方をしろとお命じになったとか……」

「昔の話だ。それに子どもだった……」

戸越の話は事実だった。終戦直後の満州は混乱の極みだった。満州国奉天《ほうてん》（現瀋陽《シェンヤン》）で終戦を迎えた大森は、五歳だった。

敗れた国の混乱、人間の愚かさ、悲しみをその幼い瞳に焼き付けた。

父は、自分が殺されたり、捕まったりすれば、家族を守るのはお前しかいないと短刀を渡した。幼い大森は、それを受け取り、いざという時は潔く死ぬのだと覚悟した。

「私にも短刀を突きつけていただきたいのです。不退転の覚悟がなければ、この危機は乗り切れません。私を研究所所長の地位から外し、新事業を担わせていただきたいのです。これこそ本当のリストラです。社長は、起業せよと檄を飛ばされました。それはだれかが担わねばなりません。自分の地位を捨ててこそ、新しいことに挑戦できるのだと思います」

戸越は、かっと目を見開き、大森を見つめた。

「研究所の所長の地位を投げ捨てるのか？」

大森は聞いた。

「はい、無任所で結構です」

戸越は答えた。

「研究所の所長を辞して、なにを始めようというのかね」

「フィルムに代わるなにかを見つけたいと思います。フィルムで培《つちか》った技術を生かします。フィルム屋としての最後のご奉公です。現場に戻って一から始めさせてください」

戸越は笑みを浮かべた。

研究所の所長は、執行役員であり、管理する立場だ。いくら業績を立てなおす時だと言っても地位は安定している。

　地位をなげうって一介の研究者、あるいは製造担当に戻るというのか。大森は、信じられない思いで戸越を見つめた。

　そしてじんわりと喜びがこみあげてきた。

「よく言ってくれた。私は、今ひとつ、社員の危機感が盛りあがらないことを懸念していた。君の考えはよくわかった。君をリストラし、まったく新しい分野を任せようじゃないか。しかし……」

　と大森は、厳しい表情で戸越を見つめ、

「甘くはないぞ。成果が上がらなければ、クビという意味のリストラだぞ」と言った。

「その短刀を喜んで受け取らせていただきます」

　戸越は小さく頭を下げた。

「君の考えを少し聞かせてほしい」

　大森はソファに背を預けた。

「我が社はフィルムという一般消費者の評価に晒《さら》される製品を扱うＢ toＣの分野で成長してきました」

　Ｂ toＣとは、Business（企業）とConsumer（一般消費者）間の取引、Ｂ toＢは

企業間、ＣtoＣは一般消費者間取引のこと。

「ああ、しかしこれからはＢtoＢのウエイトが高まってくるだろうな」

「承知しております。今、日本企業は電機メーカーなどもかつてＢtoＣ企業であったのにＢtoＢ分野に転じております。ＢtoＣ分野は韓国や中国企業に席巻《せっけん》され、日本企業の技術力を生かせるのはＢtoＢの分野だからです。しかしこれでは日本企業は弱くなるばかりだと思います」

「どうしてだね？」

「一般消費者の厳しい評価の目に晒され、その評価を上げるべく努力するからこそ企業は成長するのだと考えます。我が社がコダックに勝利したのも一般消費者のニーズに如何《いか》に応えるかに努力したからです。それに……」

「それに？　他にも理由があるのか？」

「日本写真フイルムがいかなる会社かのイメージを一般消費者に訴え続け、その反応を浴び続けることが、働く社員の喜び、働く意義になります。働く喜び、働く意義のない会社は存続しません。利益が上がり、業績が前年比向上することにも意味はあるでしょう。しかし、それ以上に働く社員にとっては、一般消費者から、『よいフイルムです』『きれいな写真が撮れました』というお誉《ほ》めのひと言の方が意味があるのです」

「君は、私の経営方針では働く喜びや意義がないというのかね」

「そういう意味ではありません。経営の柱にB to Cの分野を据え、それを私にやらせていただきたいのです」

「フィルムに代わるなにかを見つけたいと言ったが、そこまで言うからには、本当はなにかを考えているんだろう。働く喜びや意義を見いだせる製品をね……」

大森の表情が緩んだ。

「まだ形になっていませんが……」

戸越は、一瞬考える様子を見せた。

「いいから、話せ。じれったい奴だ」

大森は、わざと横柄に言った。

「化粧品です」

戸越は言った。

「うーん、化粧品か？」

大森の頭に白塗りした歌舞伎役者の顔が浮かんだ。

化粧品と言われると、その程度のイメージしかない。

「とりあえず始めさせてください。それに関しては人を数人頂きます」

「本当に数人でいいのか？」

「はい、まだ海のものとも山のものともつきませんから。しかし、必ず成果を上げてみせます。ご支援よろしくお願いします」

戸越は頭を下げた。

「わかった。やってみろ。面白いかもしれん」

大森は戸惑いながらも言った。

戸越は、優秀な研究者であり、技術者だ。信用してやりたいようにやらせるのは、起業せよ！　と檄を飛ばした自分の責任だと大森は思った。

戸越が顔を上げた。

まるで子どものように相好《そうごう》を崩している。新しいおもちゃをもらった子どもが心底、嬉しくて、楽しくて、心を弾ませているような表情だ。

経営は命懸けだと社員を叱咤《しった》する戦前生まれの大森には、仕事に楽しさを見つけようとする団塊の世代の戸越が、わずかだが羨《うらや》ましく思えた。

3

悠人は、研究所の入口で戸越が帰ってくるのを待っていた。

「遅いなぁ」

小田急線開成《かいせい》駅からは研究所までの循環バスが出ている。戸越もそれに乗ってくるはずだ。

悠人は、なんだか入社以来の興奮に満ちていた。

健太が、日本写真フイルムの将来に見切りをつけて辞めたいと言いだした。

俺がなんとかする。

そう言いきったもののなにができるか、まったく見当がつかない。しかし、フィルムに代わるなにか別の事業をやらねばならないことだけは確かだ。それもフィルムのように息の長く、健太の営業力を生かせる事業でなくてはいけない。

バスが到着した。

社員たちが次々と降りてくる。その中にすらりと長身の戸越がいた。

「所長、お帰りなさい」

悠人は戸越の前に走り出た。

「咲村、どうした？」

「お帰りを待っていました」

「俺の帰りを待っているなんて珍しいな」

戸越は空を見上げた。

「どうされたんですか？」

「雨でも降るんじゃないかなと思ったんだよ」

戸越は笑いながら歩き始めた。

「ちょっとお話があるんです」

悠人も一緒に歩きだす。

「忙しいんだ。お前と違ってな」

戸越は歩くのが速い。悠人は必死についていく。

「真剣な話なんです」

「研究所で一番のんびり屋のお前が真剣な話とは、本当に嵐になるぞ」

戸越は笑った。

「ふざけないでください。話を聞いてください」

悠人は怒った。

戸越が立ち止まった。

「ここではなんだから、所長室に来い」

「わかりました。申し訳ありません」

悠人は、ぴょこりと頭を下げた。

悠人は、戸越の後ろについて歩き、所長室に入った。

テーブルと椅子がある。誰でも入室して、このテーブルを囲んで議論していても構わない。戸越は、立場を越えた自由な議論を尊重した。技術や研究開発に年功序列は不要だ。自由な研究環境こそ、新しいものを生みだす土壌になる。

　戸越が椅子を自分に引き寄せ、どんと座った。

「さて咲村先生のお話を拝聴しましょうか」

「では、よろしくお願いします」

　悠人も腰を下ろすと、両手を握りしめ、膝《ひざ》の上に置き、姿勢を正した。

「本気らしいな」

「本気です」

「下らないことなら承知しねぇぞ」

　戸越はにやりと笑った。

「下らないことではありません。私の人生がかかっています」

「わかった。話せよ」

「リストラしてください」

　悠人はズバリ言った。

　戸越は、一瞬、言葉を失い、口をあんぐりと開けたが、途端に「ははは」と大きく笑った。

「笑わないでください。真剣です」

悠人は眉根を寄せた。

「いやぁ、悪い悪い。世の中には同じようなことを言う奴がいるものだと思ったのさ」

戸越は、まだ笑いが収まらない。

「えっ、そんな人間がいるんですか?」

「ああ、いる、いる。そいつは本日、リストラになった」

戸越は、まだ笑っている。

「クビになったんですか?」

悠人は、顔をしかめた。

「当然だろう、自分でリストラを言いだしたんだからな。お前も同じだろう?」

戸越は、悠人の目を覗《のぞ》きこんだ。

「いえ、なんというかな……」

歯切れが悪い。

「ちょうどいい。人事も喜ぶだろう。五千人もの人間を選ぶのに苦労していたからな」

「ちょ、ちょっと待ってください」

悠人は、慌てた。

「往生際が悪いぞ。リストラしてやるから」

戸越の目が笑っている。

「私を今のポストから外して、新しいことをやらせてください。その意味でのリストラなのです。私は、今まで役に立ったとは言い難いと思っています。フィルムが主力の中で、私のように遺伝子などの研究をやった人間は、傍流でした。なぜこんな傍流の人間にも自由に研究させてくれるのかと思っていましたが、それは今のような状況の時を予測してのことじゃないかと思いました」

「今のような状況っていうのは、フィルムが市場からなくなる時代ってことか？」

「そうです。今日《こんにち》を予測して、私みたいな無駄といっちゃあ、自分に恥ずかしいですが、まあ、無駄飯食いを養ってくれていたんじゃないかと……」

「なんだか中国の戦国時代の食客《しょっかく》三千人みたいな話だな。うちにはそんな余裕はなかったぞ。たんにお前がのんびりしていただけだ」

「気持ち、入れ替えます。みんなリストラ発表で気持ちが揺れています。フィルムがダメになった以上、今度は私の出番だと思うんです。私がなんとかするって同期の友人にも約束したんです」

悠人はテーブルに頭をつけた。

「遺伝子や細胞に詳しいんだな」

戸越は、なにかを考えている様子だ。

「ええ、専門です」

悠人は顔をわずかに上げた。

「俺のリストには入っていないが、役に立つかもしれんな。お前は、年配のうるさ型に好かれているらしいな」

戸越は、内ポケットからノートを取り出してペンを動かし、咲村悠人と記した。

「ええ、セクション関係なく、よく一緒に飲みに行きますから」

悠人は、自分の意外な評価に驚いた。

「わかった。リストラを認める。新しいことをやってもらう」

戸越は、ぽんとノートで机を叩いた。

「ありがとうございます。ところでさきほど、私と同じようにリストラを申し出たのは誰ですか？」

「気になるか？」

「私と同じことを考えているのは誰かなって気になりますよ。そいつと一緒に新しいことをやればいいと思います。本気で、この会社のことを考えている奴が、他にもいると思うと嬉しいです」

悠人は目を輝かせた。

戸越は、悠人の目を見つめた。そして覗きこむように顔を近づけ、「教えてやろうか」と言い、自分自身を指差した。

「はぁ？」

悠人は首を傾げた。

「俺だ。俺だよ」

戸越はおどけたように言った。

「えぇっ」

悠人は、驚き、のけぞった。

「お前と同じことを考えているお人好しは、俺だ。本日をもって研究所所長をクビになった。無任所だ」

「いったいどうするんですか？」

悠人は、頭が混乱した。戸越が所長だから、リストラ志願して、新しいことをやらせてもらおうと考えた。

それが所長でなくなったら、いったいどうするんだというのが、本音だ。

「お前、俺と一緒にプロジェクトを立ち上げるんだ。ゼロからな」

戸越は、楽しくってたまらないという表情になった。

悠人は不安になった。確か戸越は六十歳を迎えるはずだ。すでに老人の領域に入っているはずなのに、この好奇心に満ちた目、森で珍しい蝶《ちょう》を追っている子どものような目はいったいどうしたというのだ。

こんな人についていっていいのだろうか。リストラ志願を撤回したくなった。

「どんなプロジェクトですか？」

悠人は恐る恐る聞いた。

「化石、そう化石だな。化石を集める。化石を磨く」

4

「乾杯」

戸越がビールジョッキを高々と上げた。目の前には各種の焼き鳥、馬刺し、ホルモン焼き、サラダなどが並んでいる。

「乾杯」

悠人もビールジョッキを上げ、戸越のジョッキと合わせた。カチリと音がした。

悠人は、ビールをぐいっと飲んだ。外は寒いが、開成駅前の焼き鳥屋「だいご」の店内は暖かい。

客は、サラリーマン風の男たちが多いが、なかには小さな子どもを連れた若い夫婦もいる。

子どもが焼き鳥をくわえている。あんなに幼いころから居酒屋の雰囲気に慣らされていたら、相当な酒飲みになるに違いないなどと余計なことを考えてしまう。

悠人は、尻がむずむずする居心地の悪さを感じていた。

戸越は、美味《おい》しそうにビールを飲み、焼き鳥を食べている。

戸越と飲む機会などほとんどない。研究所全体で行われる新年会で挨拶しながらグラスを合わせる程度だ。

それは飲むというより、儀式だ。こんなに膝を突き合わす近さで、相手の息遣いを感じることはない。

当然だ。戸越は、研究所所長。悠人からすれば社長のような立場だ。

それが突然、リストラになったから、今日から無任所だと言い、「化石プロジェクトの第一回打ち合わせをやるから、明日どこか場所を考えておけ」と命じられた。

悠人が、焼き鳥屋でよろしいですか、と聞くと、それでよいということになった。

そして翌日店に来てみると、いるのは戸越だけだったのだ。

焼き鳥屋を予約する時から、人数はどうしますか？　と聞いても、予約はいいよ、早めの時間なら空《す》いているだろう？　と言う。

「だいご」には二階に座敷があるから、たいていの場合入れますと、答えた。

いったい何人のプロジェクトなんだろうか？　と悠人は思っていた。

ところが「だいご」には戸越しかいない。いったいどういうことなのだろうか？

「所長」

悠人は戸越の向かいに座った。

「もう所長じゃない」

戸越はつくねの串を摑《つか》んだ。

「じゃあ、どうお呼びすればいいですか」

悠人は、馬刺しをつまんだ。

「そうだな……」と戸越は考える様子になり、「いや、ちょっと待てよ、リーダーでいいかな。化石プロジェクトリーダーだ」と言った。

美味《うま》そうにつくねを頰張っている。

「それならリーダー、他に誰が来るんですか？　まさか私だけってことはないですよね」

「もう少し待て、来るから」

「テーブル席ですけど、椅子は足りますか？」

四人がけのテーブルだ。残り席は二つしかない。

「大丈夫だ」

戸越は、ふいに入口を振り向いた。戸越の顔がほころんだ。

悠人も入口を見た。

二人の男が、こちらを見ている。年配風の男と、体軀《たいく》のがっしりした男だ。

「おーい、こっちだ、こっち」

戸越が声を上げた。

二人の男が、同時に笑みを浮かべ、手を上げた。

男たちがテーブルにやってきた。

悠人は立ちあがった。初めて会う男たちだが、一見して先輩だとわかったからだ。

「ご無沙汰しております」

年配の男が頭を下げた。

細身でしなやかな体つき。どこか柳の木を思わせる。下がり眉に優しそうな小さな目、鼻も口も女性的で、街角で筮竹《ぜいちく》を持っていれば占いをする老人に間違えられるだろう。

「どうしたんですか、急に。でも嬉しいっすよ。またなにかやりだすんでしょう」

体軀《たいく》のがっしりした男が、少し乱暴な口調で言い、ちらりと悠人を見た。肩の筋肉が盛りあがり、首が埋まっている。耳が小さく見えるほど、顔が大きく、いわゆるゴツイ。鼻も肉厚で、唇も厚い。マヤなどの中南米の古代遺跡にこんな顔があったなぁと悠人は思った。

きつそうな目つきだった。悠人は、叱られたような気になって、小さく頭を下げた。

「まあ、座って、乾杯しよう」

戸越は、座ったまま手を上げて、店員を呼び、生ビールを注文した。

老人風が悠人の隣、ゴツイ男が戸越の隣に座った。

店員が急いで生ビールを運んできて、戸越の音頭で乾杯をした。

「こいつは磯江兵衛《いそえひょうえ》、こいつは大野智也《おおのともや》だ。二人とも俺と一緒に足柄工場の製造部で長く働いていた気の置けない奴だ」

占い老人風が磯江兵衛、ゴツイのが大野智也だ。

「さあ、自己紹介だな。おい、咲村、お前からだ」

悠人は、慌てて立ちあがった。緊張していた。

「ばか、座ったままでいいよ」

ゴツイ男が言った。

「はい、すみません」

悠人は座り、「咲村悠人です。今、検査機器関係の研究を手掛けています」と言った。

「こいつの専門は遺伝子や細胞関係だ。自分から俺の下で何か新しいことをやりたいと言ってきたから、使えるかもしれんと思って今度のプロジェクトに加えることにしたんだ。もう担当の部長には所属を外す了解を取ってある」

戸越が、にやりとして砂肝をくわえた。

「えっ、私、もう担当を外されたんですか？」

「ああ、希望通りだ。今の仕事が嫌になったと言ってきたから、俺の下に置くぞと伝えたぞ」

「えっ、そんな……、嫌になっただなんて。使命感ですよ。日本写真フイルムをよくしたいっていう……」

悠人は情けない表情になった。

「嘘だよ。部長にはちゃんと新しいプロジェクトメンバーに選んだから、ちょっと借りるぞって言ったよ」

戸越は言った。

「よかった。部長はなんて言ってましたか？」

「どうぞ、どうぞって。嬉しそうだったぞ。お前、厄介者《やっかいもの》だったんじゃないか」

戸越は楽しそうに言った。

「もう、勘弁してくださいよ」

悠人は、ビールをあおった。ジョッキが空いた。

「これ、飲めよ」

大野が、悠人に盃《さかずき》を渡した。

「すいません」

強面《こわもて》だけど、よい人かも。悠人は盃に熱燗《あつかん》が注《つ》がれるのを見ていた。

「俺は、今、本社の営業企画なんだ。でも本来は工場で銀塩のゼラチンへの配合をやっていた技術屋だよ。五十五歳になった去年、突然、営業に回されたんだ」

大野は言った。

「フィルム製造ラインにおられたのですか」

「おう、がちがちのフィルム屋だよ。ここにいる磯やんに鍛えられてね」

大野は、向かいに座る磯江を指差した。

「磯やんは、フィルム製造のオールラウンダーだな」

戸越が言った。

「いえ、単に製造管理責任者だったというだけですよ。調整役です」

磯江は言った。

「今は、どちらにおられるのですか」

悠人は聞いた。

「本社の技術企画っていう、まあ私にはちょっと向かないですね。でももう五十七歳ですからね。なかなか現場には置いてもらえませんよ」

磯江は笑みを浮かべた。非常に自然な笑みだ。

「二人とも今度のリストラ計画に繋《つな》がるフィルム部門人員削減の流れに抵抗しきれずにリストラされちまったんだよ。どうしようもなかった。俺も熱燗を飲むぞ」

戸越が盃を摑み、悠人に差し出した。悠人は、銚子を持って、酒を注いだ。

戸越は、それをくっとひと息に空けた。

「足るを知るの足るは、常に足る、だな」

磯江がぼそぼそとした声で言った。

「出ました、出ました」

大野がのけぞって喜んだ。

「な、なんですか」

「磯やんの老子《ろうし》節だよ。貧相に見えるけど、磯やんは哲学者なんだよ」

「哲学者?」

悠人はきょとんとした。

「大野さん、哲学者はないよ。ちょっと老子などを好きなだけですよ」

「磯やん、さっきの言葉も老子だね。いい言葉だ。足るを知るこそ、本当の足るだと言うんだな」

戸越は言った。

「ええ、我が社はよい会社ですよ。そう思っていました、ついこの間まではね。しかし、やっぱりリストラに手をつけた。本人の意向を聞くとはいうものの、製造しかやったことのない私は、企画という名の窓際へ異動させられました。まあ、贅沢《ぜいたく》言えばきりがない。仕事があるだけマシだと思って、足るを知ることこそ大事だと観念して働いています」

磯江は、ささみをほぐして食べた。

「磯やんはそうかもしれないが、俺は不満だな。まだまだ悟れませんから。もうひと旗揚げたいって、いつも思って本社の机にじっと座っていましたよ。さあ、所長、なにを始めようっていうんですか？　俺たちを呼んだんですから、話してください」

大野は、椅子ごと身体を戸越に向けた。

戸越は、冷水を一気に飲んだ。そして息を整えた。

「コードネームは化石プロジェクトだ」

5

写真フィルムとは、大変な製造技術の塊だ。その技術はデジタルでデータ処理をすれば可能になるというものではない。

生身にも似たフィルムを扱うにはアナログ技術が重要で、職人的だと言える。だから世界で四社しか製造していないのだ。

写真が登場したころは多くの業者がいたらしい。しかし性能が上がり、カラーフィルムになり、世界で寡占化が進んだ。

「フィルムは生きているんだ」

戸越は言った。

戸越は、もの作りとはエントロピーの増大に抵抗する作業だと位置づける。

エントロピーとは、無秩序な状態の度合をいう。

「自然界ってのは、放っておくと散らばってしまう。外部から力を加えてやらなければ、それを防ぐことはできないんだ。机の上が放っておくと乱雑になるのもエントロピーの増大だ」

戸越の話は、意表をついたところから始まることが多い。だから興味津々《しんしん》で耳を傾けたくなる。

「もの作りはランダムに散らばったパーツを外から力、すなわち仕事を加えて秩序だったもの、製品にするんだ。だからエントロピーの増大に抵抗するのが、もの作りだ。俺たち自身だって死ねば、土に還《かえ》るのは、エントロピーの増大を防げないからだ。生命のエネルギーが働いているから、こんな形で生きていられるんだ」

「エントロピーとフィルムとどう関係するんですか?」

悠人は戸越の話を遮《さえぎ》った。面白いのは面白いのだが、そのうちどこに行ってしまうかわからないのが、戸越の話の難点だ。

風呂敷が大きいのだ。

戸越は、邪魔するなとばかりに悠人を睨《にら》んだ。

「フィルムってのは、エントロピーの増大を極小まで防ぎきらないと製造できない。それは生命体と同じだ。だから生きているって言ったんだ。部品を単純に組み立てる技術じゃないんだ。一つ一つの要素を気遣いしつつ、微妙に、精妙に扱って思い通りの反応をさせねばならない。これはすり合わせ技術の粋と言ってもいい」

現在の製造工程では、さまざまな部品の標準化が進み、それらを自由に組み合わせて最終製品を作る水平分業モデルが一般的だ。

例えばパソコンは各種の部品を集めて、最終製品メーカーが組み立てる。だから最終製品メーカーは、コストが高いとなればより安い部品メーカーに発注するなど、リスクを軽減できる。

単純に部品を組み合わせて製造する「組み合わせ型」モデルだ。

それに対して自動車は各部品などを単純に組み合わせただけでは、乗り心地という感覚的な課題に対し、よい結果を得ることができない。そのため部品に手を加えたり、調整したりして、感覚的な課題を克服するべくすり合わせする。

日本の製造業は、この「すり合わせ型」モデルに優れていると言われているが、これは組み合わせ型に比べて、コスト高の要因となる。

すなわち部品同士をすり合わせた結果、部品を仕様変更せざるを得ないこともあるからだ。こうなると製造工程そのものを見直すことにもなり、大幅なコスト高になってしまう。

しかし日本製品の優秀さや顧客満足度の高さは、このすり合わせ型にあると言われている。

ある便器メーカーでは完成した便器の便座に技術者が実際に座ってみたり、指で撫《な》でてみたりして、快適度を判定する。そこで違和感があれば、製造工程を見直すという。これもすり合わせ型だ。

「確かにフィルムって生きているんだな。真っ暗な製造工場でラインから流れて出てくるフィルムを一本一本、取り上げるんだ」

大野は、製造部にいたころを懐かしむように目を閉じた。

フィルムの製造ラインは光を遮断《しゃだん》している。フィルムの感光を防ぐためだ。

「俺は暗闇の中で取り上げたフィルムをルーペでじっと見つめる。すると、暗闇の中にぼんやりと六等星、七等星の暗い星が浮かんできやがる。ロマンチックでもなんでもない。ピンホールだ。油滴だ。この野郎、出やがったな。放っておくと、フィルムを現像した時に拡大して大きな白い穴になる。止めろ！　止めろ！　ラインを止めろ！」

フィルムはフィルムベースにハロゲン化銀や色素を混ぜたゼラチンを塗布して作られている。その混ぜ具合に不具合が起きると、点々とピンホールができる。ミクロン単位の穴だ。

「大野さんの声は大きかったな」

磯江が言った。

「その割にはピンホールを見つけるのが上手くなかった」

戸越は笑みを浮かべた。

「暗闇の中なのに私たちには輝いて見えた。大野さんの慌てた顔も、戸越さんが銀の配合を変えろと指示する顔もはっきり見えたものです」

　磯江が微笑した。

「コウモリみたいなもんだな」

　戸越が笑った。

「俺たちが日本写真フイルムを支えているっていう気概があった。というよりこんなすごいフィルムを作ることができるのは、世界でも俺たちしかいない。コダック？　いったいなんぼのもんじゃいって感じだった」

　大野が言った。

「その時代が終わるのは悔しくて、寂しくて、悲しかったなぁ。このままじゃ終わらないぞって、俺は誓っていた」

　戸越が二人を睨んだ。

　まるで革命の同志だと、悠人は三人の男たちをまぶしい思いで見つめた。

　彼らは日本写真フイルムの心臓部であるフィルムを支えてきた男たちなのだ。

　それが今、なくなってしまう。

　ラインは縮小され、関係者は一人一人現場から消えていく。彼らには輝いていた製造ラインの暗闇が、本当の闇になっていく。

　彼らは新しい赴任地に散っていく。企業の冷徹な論理だと言えばそれまでだが、人間はそれほど単純なものではない。

その道一筋で生きてきた職人的な彼らは、表面的には明るく振る舞い、新しい赴任地で働くだろう。

しかし、フィルムを作りたくて、手が震えるほどなのだ。

俺を生かせ！　俺を生かすのはデスクワークじゃない！　フィルムの現場だ！

彼らの心からの叫びを誰が聞き、受け止めるのか。

「お前らは化石だ」

戸越は、空いたコップに酒を注いで、一気に飲んだ。

「化石？」

大野が首を傾げた。

「そうだ。化石だ。だから化石プロジェクトだ」

戸越は酔っている。目がうつろだ。悠人は心配になった。これでは話がどこまで広がるかわからない。

「説明してくださいよ。化石だなんてちょっと……」

大野が不満そうに磯江を見た。

「化石とは古代の生物が地中深く眠っているものです。取り出せば限りない宝となる」

磯江が呟《つぶや》いた。

「その通りだ。お前らがフィルムの製造工程で培ってきた技術は世界最高だ。なにせ世界最高のフィルムを作っているんだからな。その技術は今、地中深く埋もれている。それを掘りだし、磨けば、化石が宝石に変わるんだ」

「それだけじゃないでしょう？」

磯江が口角を引き上げ、不敵に笑った。

「気がついたか？」

戸越がいたずらを見つかった子どものように頭を掻《か》いた。

「私たちのことでしょう？」

磯江が言った。

「えっ、俺が化石？」

大野が聞いた。

「磯やん、話してくれ」

戸越が言った。顔が赤い。ふうと息を吐いた。

「戸越さんの考えるプロジェクトは、私たちのように製造ラインが縮小され、リストラされた中高年技術者を掘り出して、もう一回、勝負させてくれるってものなんでしょう。化石になってしまった私たちを掘り起こして、磨いて、宝石にするんだ

「……」

磯江がしたり顔をした。

「磯やん、その通りだ。化石になった連中の化石の技術を、もう一度磨いて玉にする。それが化石プロジェクトだ」

戸越は真剣な目つきになった。

「さすが戸越さん、上手いことを言うな。俺、このまま埋もれてたまるかと思っていたんです。石炭じゃない。俺は、ダイヤモンドだってね」

大野が太い腕で目を拭《ぬぐ》った。ヤクザも逃げだしそうな風貌なのに、案外と涙もろい。

「そうだ。大野、磯やん、化石変じて、ダイヤモンドになろうぜ」

戸越が言った。

「私も化石ですか？」

悠人が聞いた。

「君は、まだ化石以前だよ。沼地に倒れたシダ類ってとこかな」

磯江が笑った。

「ひどいなぁ。まるで役立たずみたいじゃないですか」

悠人は、抗議の意味を込めて顔をしかめた。

「お前は、今までは路傍の石だ。たいして役立っていなかった。そこがいい。今こそ、お前のご奉公の時だ。それはお前の希望通りだろう」

戸越は、嚙《か》みつくような顔で悠人に迫った。

「化石も路傍の石も同じようなものです。みなさんのお仲間になれて嬉しいです。ところでリーダー、他には誰を誘いこむんですか？」

悠人は弾んだ声で聞いた。

戸越は、小首を傾げて、「これだけだ。正式には、ライフサイエンス研究所という看板を掲げていいと社長の許可をもらっている。化石らしく、研究所や工場の軒下を借りて、出発だ」と言った。

「本当に路傍の石プロジェクトじゃないですか」

悠人は心底愉快になった。軒下なんて、ガレージカンパニーでスタートしたアップルみたいでかっこいいじゃないか。

「道は一《いっ》を生じ、一は二を生じ、二は三を生じ、三は万物を生ず。老子も何事も一からと言っていますから、この四人でよろしいんじゃないですか。夢は一兆円ですか？」

磯江が楽しそうに言った。

「ああ、一兆円、二兆円なんてすぐに手が届くぞ。さあ、乾杯だ！」

戸越は酒で満たされたコップを掲げた。

悠人は盃、磯江はビールジョッキ、大野は戸越と同じように酒の満ちたコップを高く掲げた。

「思いきりとんがろう！　だれも使ったことのない夜明け前の材料を使ってな。さあみんな、化石プロジェクトの成功に、乾杯！」

戸趣が言った。

とんがってとんがって……。夜明け前の材料を使うのか。なんだかワクワクしてきたぞ。

悠人は、リストラ志願をしてよかったと思った。のんびり屋と言われてきたが、意外なほど情熱があることに自分で驚いていた。

6

悠人は、研究所の食堂で二百五十円のカレーライスを食べていた。

いつもはのんびりと定食を食べるのだが、今日は急いで食べることができるカレーライスにした。

それだけでも大きな変化だと思う。

悠人は、額の傷を触った。昨夜、酔っ払って作った傷だ。

昨日は戸越たちと遅くまで飲み、したたかに酔って帰宅した。妻の尚美《なおみ》が寝ぼけ顔で起きてきた。

「どうしたの、こんなに遅く……」

「化石だ、化石」

悠人は焦点の定まらない目をして、尚美に抱きつこうとした。

「いやよ。臭い！」

尚美が身をよじって、逃げた。勢いが止まらず、そのまま玄関に倒れた。

そしてそこで眠ってしまった。朝起きると、毛布と布団が身体にかけてあったが、スーツは着たままだった。

「パパ、おはよう」

目を開けると、六歳になる慎平《しんぺい》が立っていた。

「お、おはよう」

悠人は寝ぼけて、視界がぼんやりした目を擦《こす》った。

「起きたの？　お風呂に入ったら？　臭いわよ」

台所から尚美の声がした。味噌汁の香りが漂ってくる。

「パパ、お酒臭いよ」

慎平が鼻を摘まんだ。

「今、何時だ?」

「七時よ」

「えっ、急がなきゃ」

八時半には会社に着かなければならない。研究所はバスで四十分ほどだ。

「大丈夫よ。三十分で、風呂と朝ごはんを終えて、四十分で出なさいよ」

尚美の言葉に、その場でスーツやワイシャツを脱ぎ、浴室へ飛び込んだ。

洗面台の鏡を見た。額が赤くなっている。血は止まっているが、酔っ払って、どこかでぶつけて怪我をしたようだ。

「化石プロジェクトか……」

傷を触った。

悠人は微笑んだ。なんだかその傷がプロジェクトに仲間入りした印のように思えたのだ。

「あなた、化石、化石ってうるさかったけど、なんなの?」

尚美が浴室のドアを開けて、聞いた。

「ダイヤモンドになる前さ」

悠人は笑って答えた。

尚美のあっけにとられた顔を思いだした。ふいに笑いが込みあげた。

悠人は、カレーライスを口に運びながら、ふたたび傷を触った。少しざらっとした感触がある。

「どうした？　その傷。奥さんに殴られたか？」

悠人が見上げると健太が立っていた。

「ここ、いいか？」

健太もカレーライスをトレーに載せている。

「おお、いいぞ。一緒に食べよう。今日はどうしたんだ」

「たいした用はないさ。ところでお前、メディカルシステムから異動したのか。さっき行ったら、替わったって言われた。どこにって聞いたら、首を傾げられたぞ」

健太が心配そうな顔をした。

「化石プロジェクトに替わったんだ」

「なんだ？　それ？」

「化石を発掘して、ダイヤモンドに変えるんだよ。戸越さんも所長を辞めた。プロジェクトのリーダーになったんだ」

悠人は健太が驚く顔を楽しそうに見つめて、カレーライスを口に運んだ。

「戸越さんが所長を辞めたの！」

「そう、リストラを志願してね。聞いてない？」

「聞いてないよ」

健太はカレーライスのスプーンを握ったままだ。

「研究所の中には緊張感が走っているよ。トップである所長が、自らリストラを志願して、せっかくの地位を捨てて、まったく未開拓の分野に飛び込むんだからね。失敗すると、終わりなのにね。ちょっとしたドン・キホーテだってみんな噂《うわさ》しているんだ」

悠人は明るく言った。

「悠人は心配じゃないのか？　妙に嬉しそうだけど」

健太はまだスプーンでカレーライスを掬《すく》ったままで口に運んでいない。

「実は、俺もリストラ志願をして、メディカルシステムを出ちゃったのさ」

「それで化石プロジェクトか？」

「そうさ。フィルムで培った技術で、この日本写真フイルムの未来を支える新しい分野を開拓するんだ。お前が辞めたいと言った時、俺がなんとかすると言っただろう？　有言実行だよ」

悠人はカレーライスを口に運んだ。健太もようやく落ち着いたのか、食べ始めた。

「面白そうだから説明しろよ」

健太が言った。

「いまさらだけどフィルムってすごいんだ」

悠人は、写真の原理から話し始めた。

「例えば、白い紙に書かれた黒い文字を写真に撮ると、白い紙に反射した光はカメラの中のフィルムに当たる。

フィルムにはハロゲン化銀が塗ってあるから光に当たると銀に還元する。黒い文字に当たった光は吸収され、反射しない。だからフィルム上ではハロゲン化銀のまま。

これを現像すると、光の当たっていない黒い文字の部分はハロゲン化銀のままだから、洗い流されて透明になる。

光の当たった白い紙の部分は、銀に還元されているから黒くなる。これが白と黒の反転したネガフィルムだ。

このネガフィルムを白い印画紙にプリントする。印画紙の上にネガフィルムを置いて光を当てると、ネガフィルムの透明な部分は光を通し、印画紙の上に黒い文字を浮かびあがらせる。

ネガフィルムの黒い部分は光を吸収してしまうので、印画紙は白いままだ。これでネガフィルムで反転していた白と黒が、正しく印画紙上に写される。これが写真だ」

悠人は、カレーライスが辛かったため、水を飲んだ。

「おいおい、誰に写真の原理を説明しているんだよ。俺は写真機材を販売しているんだぜ」

健太は言った。悠人の意図をはかりかねているのか、小首を傾げている。

「会社を捨てようか、どうかと悩んでいる奴に、もう一度原点に戻ってフィルムの素晴らしさ、写真の素晴らしさをわかってもらいたいからさ。化石プロジェクトは、全てそこがスタートになっているんだ」

「じゃあ、俺がカラーフィルムの原理を説明してやるよ。白黒フィルムは単純だけど、カラーフィルムは難しい。だから一気に寡占化が進んだんだ」

「聞かせてもらおうか」

悠人は、ふたたびカレーライスを食べ始めた。

「光は透明というか、白色だ。それはレッド赤、グリーン緑、ブルー青に分けられる。これらが重なり合うと白色になるんだ。このレッドとグリーンとブルーを光の三原色というんだ」

健太は一口、スプーンを口に運ぶ。

「小学生の理科の時間みたいになってきたぞ」

悠人は楽しそうに笑みを浮かべた。健太の得意げに話す様子が嬉しくなってきた。

「この光の三原色のうち、例えばグリーンとレッドが重なり合うとイエロー黄ができる。このイエローにブルーを重ねると黒色になってしまう性質がある。これを補色と言うんだ。

だからブルーの補色はイエローということになる。レッドとブルーを重ねるとマゼンタ赤紫色になる。グリーンの補色がマゼンタだ。グリーンとブルーを重ねるとシアン青緑になる。レッドの補色はシアンということになる。わかるかな?」

「わかるよ。続けて」

「この補色のイエロー、マゼンタ、シアンを色の三原色と言うんだ。カラーフィルムは、この光と色の三原色の組み合わせなんだ。それだけでも複雑さがわかるというものだね」

「二つの三原色を使っているんだからね」

「カラーフィルムはフィルムベースの上に基本的には三層のハロゲン化銀入りゼラチンが重なっているんだ。

人にはうすくペラペラした一枚にしか見えないけど、実は三層構造なんだ。それぞれの層がブルー、グリーン、レッドの光にのみ感応するようになっている。

まあ、実際は抗酸化層だとかいろいろな工夫がなされて、二十数層という気の遠くなるような状態だけど、ここでは単純化して、基本的な三層構造で説明するよ。

例えばブルーの物体は、レッドとグリーンの光を吸収し、ブルーの光のみを反射する。だからブルーに見える。その光はカラーフィルムのブルーの光にのみ反応するハロゲン化銀入りゼラチン層に当たり、還元銀ができる。これを潜像《せんぞう》と言う。目に見えない像だね。

ところでそれぞれの層には色素カプラーが混ぜてあり、それがハロゲン化銀を取り囲んでいるわけだ。

これを現像すると、色素カプラーが働いて還元銀が補色の関係にある、例えばブルーならイエローの色素ができる。

これがカラーネガフィルムだ。

これをカラー印画紙に定着させるんだけど、これも同じようにレッドに感応するシアン層、グリーンに感応するマゼンタ層、ブルーに反応するイエロー層の三層構造なんだ。

ここにもハロゲン化銀と色素カプラーがゼラチンの中に混ぜられている。

カラー印画紙の上にカラーネガフィルムを置き、白色光を当てる。カラーネガフィルムにはイエローの色素ができているから、補色関係にあるブルーを吸収し、イエローの光を発する。

それはレッドとグリーンの光の混合だからカラー印画紙に当たるとレッドはシアンを、グリーンはマゼンタを発色する。それぞれ補色関係だね。ここでも色素カプラーが働くわけだ。

これでシアンとマゼンタが発色したカラー印画紙は、ブルーの光を反射するから、俺たちにはブルーの像が見えるというわけだ。

ブルーの物体をカラーフィルムが補色のイエローにし、ネガフィルムを作り、それがカラー印画紙でシアンとマゼンタになり、結果としてブルーの物体の像が見えるというわけだ。補色の補色だ。これでいいかい」

健太は、ふうと息を吐いた。

「まあ、営業マンがお客様に説明するには十分だけど、それでもややこしいね。人は簡単にカメラのシャッターを押し、景色を写すけど、それを写真にするまでには大変複雑な工程があるんだ」

悠人は言った。

「フィルムって、あまりにも身近だから、複雑なものだって思っている人はいないよね」

「そうだよ。でも実際はものすごく複雑なものなんだ。だからカラーフィルムになった途端に寡占化が進んだんだ。

考えてもみろよ、フィルムの厚さって〇・一ミリくらいのものだ。その上のゼラチン層として塗ってある乳剤なんてミクロン単位だ。それを三層に重ならないように塗り、そこにハロゲン化銀や色素カプラーを適切に反応するように混ぜてあるんだ。神業《かみわざ》って言ってもいいナノ化技術だ。

それにフィルムはどこで使われるかわからない。暑い国、寒い国、湿気の多い国、乾燥した国、どんな国で使われようとも満足のいく写真が撮れないとダメだ。また暗い所でも明るく撮れねばならない。美しい色で撮れないとダメだ。この色だって国や民族で好みが違う。それを色素カプラーの調合で調整するんだ。さらに品質保持のために酸化防止、抗酸化技術がフィルムに施してある。

まるで生き物でも扱うような精妙な技術の結晶がカラーフィルムなんだ」

悠人は誇らしげに言った。

「確かにそうだよな。単に部品を組み立てるのとは大いに違う。この技術が、フィルムがなくなるのと同時にこの世から消えてしまうのは惜しいな」

健太は、コップの水をごくりと飲んだ。

「だからそれを生かすんだよ。それが化石プロジェクトなんだ」

悠人は強く言った。

「いったい何を作ろうっていうんだ？」

健太は興味深そうな表情を浮かべた。

「なんだと思う？」

悠人はにやりとした。

「もったいぶるなよ」

「戸越さんのプランはね。ああ、どうしようか。言ってもいいのかな」

「嫌な奴だな。言いたいって顔だぞ」

健太が催促する。

「化粧品だよ」

悠人は言った。

「おい、待てよ。今、何を言った？」

健太が目を剝《む》いた。驚いている。

「化粧品だよ。化粧品」

悠人は微笑んだ。

「イェーッ！　化粧品」

健太は大きな声を出した。

悠人は慌てた。

「おい、みんなこっちを見ているじゃないか。大声を出すなよ」

健太は周りを見渡した。昼食を摂《と》っている社員が一斉に健太を見ている。

「悪い、悪い。だけど冗談言うなよ」

「冗談じゃない。本気だ」

「おい、悠人」と健太が突然、立ちあがった。

「どうした？」

悠人は健太の豹変《ひょうへん》に驚いた。

「お前、自分がなんとかするから転職は思いとどまれって言ったよな」

健太は本気で怒っている。

「ああ、言ったよ」

悠人は冷静に答えた。

「馬鹿にするなよ。俺は写真が好きでこの会社に入ったんだ。化粧品なんて軟弱なもの、売る気はない」

「健太……」

悠人の声がか細くなった。健太の反応が意外だったのだ。

「俺、帰るわ。とにかく俺たちに、化粧品なんか作れるわけがない。よしんば作ったってフィルム屋が作った化粧品を誰が使うんだよ。俺はフィルム会社に入ったんだぜ」

健太は、トレーを持ち上げると、靴音を立てて出口に向かって歩いていった。

「そこまで言うなよ。俺だって不安なんだから……」

悠人は呟き、健太の後ろ姿が小さくなるのを眺めていた。

第三章　夜明け前

1

悠人は、本社ビルを見上げていた。

本社に来るのは久しぶりだ。少し緊張する。広報部の吉見薫子課長を訪ねるためだが、どんな人だろうか。

「戸越さんが、吉見課長に会って化石プロジェクトを説明してこいって言ったけどな」

ひとりごちながら悠人は、エレベーターに乗った。女性が別のフロアから乗り込んできた。横目でちらりと見た。

引き締まった顔立ちの女性だ。紺のスーツの背筋が伸びていて、仕事ができそうなオーラを発散している。

苦手だな。

のんびり屋の悠人は、厳しい雰囲気の女性に圧倒される。言いたいことが言えなくなる。妻の尚美もそのタイプだ。そういうタイプの女性を妻に選んでしまうのは、潜在的に憧れがあるのだろうか。

広報部のあるフロアに着いた。エレベーターのドアが開いた。悠人が降りると、彼女も降りた。

まさか……。

「あのう、すみません」

悠人は、もじもじと尻込みしながら女性に声をかけた。

「なにか」

きりっとした視線を悠人に向ける。

「吉見課長ですか？」

「そうですが」と薫子は、大きく首を縦に振り、「戸越さんの……」と言い、白い歯を見せて微笑《ほほえ》んだ。

「そうです。咲村といいます。戸越さんから新しいプロジェクトのことを説明してこいと言われまして」

「了解」

薫子は短く答えると、腕時計を見て、「こっちへどうぞ」と悠人の前を歩いた。

「は、はい」

悠人は、慌てて薫子の後ろを歩く。

広報部のプレートが掲げられたドアを薫子が開けると、「課長！」といきなり声がかかった。

髪の長いすらりとした若い女性が書類を持って目の前に立っていた。くりっとした大きくて強い目が印象的だ。

「どうしたの珠《たま》ちゃん」

薫子が言った。

「産日新聞《さんにち》の記事が、ひどいんですよ。抗議しましょうよ」

薫子の前に記事を広げた。

悠人は、薫子の肩越しに記事を見た。

「エクセレントカンパニーの落日」という大きな活字の見出しが見えた。リストラの記事だ。

「ひどいわね」

薫子が呟《つぶや》いた。

「ひどいですね」

悠人も言った。

「あら、失礼しました。お客様ですか？」

珠ちゃんと呼ばれた女性が、やっと悠人に気づいた。

「足柄研究所の咲村です」

悠人は頭を下げた。

「広報の林葉《はやしば》珠希《たまき》です。邪魔してすみません。でもひどいでしょう、この記事」

珠希は、記事を勢いよく悠人の前に差し出した。

「悔しいですね」

「なにが落日よ。前向きにリストラしたっていうのに。フィルムがなくなってビジネスモデルも一緒になくなった。この先はいつ会社がなくなるのかみたいに書いてさ。腹立つなぁ、ほんまに。ええかげんにせいや！」

珠希は記事を丸めて、食べてしまう勢いだ。相当フレンドリーな性格なのかもしれない。

「関西出身ですか？」

悠人は聞いた。

「いえ、東京目黒です」

「いま、関西弁が出たような気がして……」

「怒るときって関西弁がいいんです」と珠希はペロッと舌を出し、「そんなことより課長、抗議、抗議」と薫子に迫った。

薫子は、珠希の勢いに厳しい表情になった。

「でも世間っていうのは、そういう風に見ているのよ。怒っても抗議しても、しかたがないわ」

薫子は冷静に言った。

「でも……」

珠希は、諦めきれない様子で言った。

「フィルムで生きてきた会社からフィルムがなくなるんでしょう。社長が言うじゃない。自動車会社から自動車がなくなったら、なにが残るかって? なにが残る?」

薫子は珠希に聞いた。

「なにも残りません」

珠希は悔しそうに言った。

「そうよね。なにも残らないのよ。我が社は今、そういう状態なの。なんとしても生き残って世間をあっと言わせなきゃね。それには彼が頑張ってくれるわ」

薫子が、悠人の背中をポンと叩いた。

「ええ？　僕、ですか」

悠人は胸が詰まった。

「咲村さんが我が社を救うんですか？　ヒーローみたいですね」

珠希の大きな目が微笑んだ。

「まあ、そんな気持ちはありますが……」

悠人は照れた。

「一緒に聞きましょう。戸越さんが新しいことを始めるから、広報も知っておいてくれっておっしゃったのよ」

「戸越所長、あっ、今は無任所か。一緒に聞きます、聞きます」

珠希が弾んだ声で言った。

2

「戸越さんが急にリストラを志願して化粧品を作るプロジェクトを立ち上げたって、社内では噂《うわさ》になっていましたよ。それもなんだかロートルの人材ばかり集めてね。それにしても化粧品かぁ。意表をつくわね。さすがは戸越さんだわ」

悠人から化石プロジェクトの概略を聞いて、珠希は手を叩かんばかりに喜んだ。

　薫子は浮かない表情だ。

「どうですか？　戸越さんは、広報は新規プロジェクトには重要な役割があるとおっしゃっています。社内は勿論《もちろん》、社外にプロジェクトの推移に関するメッセージを送って盛り上げていく必要があるからだと思います」

　悠人は言った。

「確かに我が社の技術を使えば、化粧品を作ることはできるわ。でもフィルムメーカーから化粧品メーカーなんて、あまりにも飛び過ぎというか、距離があり過ぎというか……」

「でも課長、その飛んでるところが、面白いじゃありませんか」

「珠ちゃん、面白いとか、面白くないとかいう話じゃないでしょう」

　薫子がぴしゃりと言う。

「すみません」

　珠希は頭を掻《か》いた。

「距離があり過ぎと言われますが、戸越さんによると化粧品の製造はずっと以前から検討課題に挙がっていたようです。しかしフィルムが調子よかった時は、誰も余計なことをやろうとはしませんでした。フィルムと化粧品の親和性は高いと思います。ご理解ください」

悠人は頭を下げた。

戸越は、広報を味方に引き入れて、社内外に新しい事業に挑戦する機運を作りだしたいと思っている。そのためには薫子の協力が必要なのだ。

「咲村さんの名刺、ライフサイエンスですね。コスメティックじゃないんですね」

珠希が、さきほど悠人が渡した名刺を見ながら聞いた。

「いいところをついてくれますね」

悠人は身を乗りだした。

「化粧品なのにコスメじゃないのは、なにかあるのかなと思ったの」

「我が社には、X線画像診断機などがあります。これは生命を写すものです。私たちは、さらに生命を癒《いや》すという医薬品や再生医療、生命を守るという予防医療等、生命全般に事業を拡大したいと思っています。だからライフサイエンスなんです。壮大ですけど、それくらい大きなビジョンがないと新規事業なんてできません。今回の化粧品は予防医療の位置づけです。皮膚を老化や紫外線から守り、美しく張りのある肌を保つことはその人の内面の精神の若さをも守ることになります。ですから単に飾り、装うための化粧品ではなく、生命を守る化粧品を作るんです。世のため、人のために化粧品を作るんです」

悠人は、自信たっぷりに薫子と珠希を見た。

「戸越さんの受け売りね」

　薫子が微笑んだ。

「バレましたか」

　悠人は頭を掻いた。

「私たち日本写真フイルムの企業理念は、人々のクオリティ・オブ・ライフに貢献すること。今までは写真でその理念を実現してきたけど、これからはそれをもっと発展させようというのね。よくわかったわ。面白いかもしれないわね……」

「あっ、課長も面白いって言いましたね」

　珠希が笑いながら、薫子の発言に突っこんだ。

「私は前にもこういう目に何度も遭っています」

　薫子が急に真面目な顔になった。

「どうしたんですか、急に」

　悠人が聞いた。

「チャーチルの言葉よ。彼が書いた『第二次世界大戦』という本に出てくるの。ドイツに宣戦布告し、Uボートなどで攻撃を受け始めたころの彼の心境ね」

　薫子が言った。

「チャーチルの『第二次世界大戦』は、大森社長の推薦図書なの。広報は読んだけど、結構、長くて中身が濃いからどれほどの社員が読んだか疑問だけどね。咲村さん、読んでないでしょう」

珠希が遠慮なく聞いた。

「はい、読んでません。すみません」

悠人は恥ずかしそうな顔をした。

「この言葉、今の我が社の心境のような気がするのよ。我が社も何度も危機を乗り越えてきたから。前にもこういう目に何度も遭っています。でもそれを乗り越えてきましたよってね。今回の主力製品が消滅する危機だって、チャーチルのように平常心を失わなければ、必ず乗り越えられるわ」

「我が社の危機ってどんなものがあったのでしょうか。教えてください」

3

「我が社は、昭和九年に国産フィルムメーカーとして創業する際、コダックに技術協力を依頼するの。それを断られた時から、それなら自分たちでやってやろうじゃないかと独自技術にこだわる、技術優先のＤＮＡが育《はぐく》まれたってわけね」

薫子は話し始めた。

第一の危機は、一九七一年から始まるカラーフィルムの自由化だった。輸入関税の障壁に守られて順調に成長してきた国内フィルムメーカー、とりわけ日本写真フイルムは、巨人コダックと直接対決することになる。

カラーフィルムなどの輸入関税が、四〇%から一九七一年には二六%、その後漸《ぜん》次《じ》引き下げられ、最終的にはゼロ%になる。

「コダックに潰《つぶ》される」

危機を感じた経営陣は、政府に強力に陳情し、コダックの日本上陸阻止を働きかける一方で、新製品の開発を急いだ。

「そのころコダックのフィルムは、現像処理時間が三十分以下になる画期的な製品だったの」

「それでも我が社の技術陣はくじけなかった。負けるもんかよ」

珠希が拳を握りしめる。

広報マンというか、広報レディは眼力が強いばかりではなく、負けん気も強い。

当時のフィルムは、感度、すなわち光に対してどれほど敏感に反応するかが重要だった。感度がよければよいほど暗い場所でもクリアーな写真を撮ることができるからだ。感度を示す表示をＩＳＯというが、コダックはＩＳＯ１００という感度のフィルムを製造していた。日本写真フイルムは、それを超える感度のフィルム開発に全力を投入した。

「そこで開発されたのはニホンカラーＦ－Ⅱ４００！」

　悠人は言った。

「その通り。感度がＩＳＯ４００なんてフィルム、だれが考えたんでしょうね。世界中で大反響を呼んだのよ」

「先輩たちと飲み屋に行くと、俺たちでもコダックに勝てるんだって思った瞬間だったって懐かしそうに話されますよ。光に対する感光効率がよいハロゲン化銀の結晶を作る技術と画像をコントロールする新しい感光乳剤層を塗布する技術が生み出した勝利だったんです」

　技術ではコダックを超えたと自信を持った日本写真フィルムだったが、まだまだコダックの背中を見て走っていた。

　一方、コダックは日本写真フィルムの追撃を退けようと政治力を使ってきたのだ。

　アメリカは自由競争だと声高《こわだか》に叫びながら、自分に都合が悪くなると、圧倒的な国力を背景とした政治力を使ってくる。

　日本でのコダックのシェアが小さいのは、市場が閉鎖的なのが理由だと言うのだ。

日本写真フイルムにしてみれば、市場開拓の努力の差がシェアに現れているだけじゃないか、という思いだ。

一九九五年、コダックは日本のフィルム・印画紙市場は閉鎖的だとして、米国通商代表部（USTR）に通商法三〇一条の適用を求めて提訴した。日米フィルム紛争の勃発《ぼっぱつ》だ。これが第二の危機だ。

通商法三〇一条とは、アメリカの輸出品に対して外国政府が不合理、不公正な差別的慣行を行っている場合、それが排除、改善されなければ報復措置を取ることができるというものだ。

なにが不合理で、不公正かはアメリカが一方的に決めるという、アメリカらしいと言えばアメリカらしい強圧的な法律だ。

「あのころ日本写真フイルムの国内シェアは七〇％、コダックは一〇％。なぜアメリカでは圧倒的なシェアがあるのに日本ではシェアが取れないんだ。不合理、不公正な慣行があるからだという主張ですね。アメリカって国は、繊維も鉄鋼も通信も自動車もなんでもかんでも日本のシェアが大きくなると、一方的に訴えてきましたね」

悠人が眉根を寄せた。

「日本人はすぐに謝るから。ごめんなさい。言う通りにいたしますって」

珠希が顔を曇らせた。

「あの時、コダックのトップは、ジョージ・フィッシャーといってモトローラ出身だったの。彼はモトローラ時代に、同じように政治力を使って無理やり日本の通信、携帯電話市場をこじ開けた人物なの。その成功体験があったのでしょうね、きっと」

薫子が言った。

「初めての外からの社長だったのですか？」

悠人が聞いた。

「そうじゃないかな。生え抜きが社長を務めている時は、コダックは技術優先の正々堂々とした会社だったんだけど、外から来た彼は政治力を使って、早期にといううか、安易に業績を上げようとしたんじゃないの。ところでコダックの主張は、『Privatizing Protection』、保護措置の民間移行とでも訳すのかしら」

「保護措置の民間移行……？」

悠人は薫子の話に首を傾《かし》げた。

「つまりね、我が社が、カラーフィルムの自由化を利用して特約卸商などの流通チャネルを独占し、私有化したという主張なのよ。我が社は、相手の言い分に唯々《いい》諾々《だくだく》と従って、ごめんなさいって言うほど軟弱な会社じゃない」

「私たちには闘うDNAがあるのよ」

珠希が大きな目を一層見開き、薫子の意見に同調した。

確かに珠希の表情を見ていると、闘う気力に満ちている。

「アメリカに逆らったら課徴金を科せられたりして大きな痛手を受けますからね」

「そうやって幾つもの日本企業がアメリカの横暴の下に悔し涙を流したのよ。でも我が社は違った。ずるいこと、不公正なことは一切していない。地道な営業努力の結果だと知っているから。保護措置の民間移行と主張した特約卸商の問題も、調べてみると、コダック自身が自ら有力特約卸商との取引を断っていたことがわかったのよ。要するに日本市場に対するコダックの戦略の間違いだったわけ」

「コダックもアメリカ政府も驚いたでしょうね」

「そりゃ物言わぬ日本企業が、まともに嚙《か》みついてきたわけだもの。でもね、咲村君、我が社の根本的な理念がなんであるか、知っているでしょう?」

薫子の鋭い視線が悠人をとらえた。

悠人は、一瞬緊張した。下手な受け答えはできない。

少し考えた。

ふいに入社研修時の講師の顔が浮かんだ。

彼は、悠人たちに向かって、

「日本写真フイルムという会社をひと言で言うなら、信頼だ。フィルムというのはお客様がそれを買って、そしてそれで写真を撮って、現像して初めて善《よ》し悪《あ》しが分かる製品だ。写真を撮って、期待感に胸を膨らませて現像して、ロクでもない写真になっていたらどう思う？　その意味で日本写真フイルムのフィルムならよい写真が撮れると信頼されているから買ってくださるんだ。それは信頼を買ってくださっていることなんだ」

　と大きな声で言った。

「それは信頼です」

　薫子と珠希の顔がほころんだ。

「イエス！　我が社は信頼を売っている会社なわけ。だからコダックなんかの言いなりになったらお客様からの信頼を失うことになるじゃないですか。だから絶対に譲れない闘いでした。でも他社からは、アホやないか、さっさと謝ればええんやないのと言われたんですよ」

　珠希が下手な関西弁を交えて言った。

　一九九六年、米国通商代表部（ＵＳＴＲ）は、日米フィルム問題に関して日本政府を世界貿易機関（ＷＴＯ）に提訴した。

　アメリカは、日本のフィルム市場に閉鎖性ありとして攻撃したが、日本写真フイルムにことごとく反論され、音《ね》を上げてしまったのだ。WTOに日本政府を提訴したということは、コダック、USTR陣営の敗北であり、一方的な対日制裁措置の事実上の棚上げだった。

そして一九九七年十二月、WTOは中間報告でアメリカの主張を全面的に退け、外国製フィルムの日本市場参入妨害の事実は認められないと結論づけた。

翌一九九八年一月、WTOは最終結論をまとめた。それは中間報告と同じ内容だった。日本側、即ち日本写真フィルムの全面勝利となったのだ。

同年一月三十一日付の日本経済新聞は「二年半に及んだ日米フィルム紛争は日本側の全面勝利で終わる公算が大きい」と報じた。

「まさに孫子《そんし》が言う、戦争における五事《ごじ》ですね」

悠人は、ちらりと珠希を見た。

「なんですか、それ？　孫子？」

珠希は身を乗りだした。

「中国に孫子の兵法ってあるでしょう。あの孫子が、戦争において勝利を得るための戦力検討について五つの重大なことがあると言っているのです。こう見えてもちょっと兵法に詳しいんです」

悠人は自慢げに言った。

「へぇ、兵法と言うより生兵法《なまびょうほう》は大怪我《おおけが》の元って感じですけどね。でもどんなことなんですか？　教えてください」

「その五つとは、道、天、地、将、法です。特に最初に挙げた道とは、まあ、大義のようなもので、これさえあれば国民は如何《いか》なる危険も恐れず君主と一緒に戦うと言っています。我が社には道があったということでしょうね。コダックにはそれがなかった……」

孫子は、「道とは、民《たみ》をして上《かみ》と意を同じくせしむる者なり。故《ゆえ》にこれと死すべくこれと生くべくして、疑わざるなり。天とは、陰陽、寒暑、時制なり。地とは遠近、険易《けんい》、広狭、死生なり。将とは、智、信、仁、勇、厳なり。法とは、曲制、官道、主用なり。およそこの五者は、将は聞かざることなきも、これを知る者は勝ち、知らざる者は勝たず」と言う。

道とは、君主と国民とを一つにさせるもののこと、悠人はこれを大義だと考えている。大義がない戦いは単なる略奪でしかない。

天とは季節、気候などの自然界の事象のことだが、経営で言えば、経営危機や好景気などの経営環境だ。好景気だからといって浮かれず、経営危機だといって尻込みしていては経営にならない。

地とは、戦う土地の状況だが、顧客の信頼など経営基盤だと考えてよい。

将とは、将軍の人材だ。これは文字通り企業における人材の質のことだ。法とは、軍制のことだが、経営では組織のことになる。その構成員のモラールすなわち意欲、戦う意志だとも言えるだろう。

孫子は、この五つについて将、すなわちリーダーはだれでも知っているが、それを深く理解している者は勝ち、深く理解していない者は勝てないと言うのだ。

コダックは、日本写真フイルムに戦争をしかけてきたが、それには大義がなかった。単に日本市場を略奪したかっただけだ。

日本写真フイルムは、それに対して危機こそチャンスとばかりに大義を掲げ、人材を駆使して闘いに挑んだ。だから勝つことができた。

「我が社は、前にもこういう目に何度も遭っています……。そしてその都度、危機を乗り切ってきた。今度のフィルムが消えるという創業以来最大の危機も十分に乗り切れるでしょう」

薫子は、チャーチルの言葉をもう一度繰り返した。

「課長、化石プロジェクト、応援しましょうよ。ちょっと頼りなさそうだけど人材もいるみたいだし、面白そうじゃありませんか」

珠希が弾んだ声で言った。

「頼りなさそうってだれのことですか？」

悠人が聞いた。

「まあ、いいじゃないですか」

珠希がいたずらっぽく笑った。

「そうね、化粧品を作ろうなんて、我が社の天《あま》の邪鬼《じゃく》なところが出てていいかもしれないわね。戸越さんに伝えてください。私を美人にしてねって。最近、小じわも気になってきたから」

薫子が微笑んだ。

「ありがとうございます。よい製品を作ります。ぜひ研究所にいらしてください」

4

研究所の中は清潔な白衣で多くの研究者が働いている。機器をじっと見つめている者、フラスコになにやら液体を入れ、揺すっている者、パソコンのキーボードをマシンガンのように叩いている者……、さまざまだ。

彼らの傍らの一室に奇妙な間借りスペースができた。

あまり使われていなかった会議室に机と椅子とパソコンと研究機材を持ちこんで二人の男が向かい合っていた。磯江と大野だ。

「みんな変な目で見てますよ」

大野が顔を曇らせて、会議室の窓から見える研究者たちを眺めている。

「動物園の檻《おり》みたいですからね」

磯江が飄々《ひょうひょう》と答える。

「ライフサイエンス研究所なんてプレートを戸越さんがドアにつけちゃいましたけど、リストラされたはずのロートル二人が何やっているんだろうって感じですよ」

「気にしないでいいんじゃないですか。いずれ百人、二百人の部になるでしょうから」

「本気で言っているんですか？」

大野が目を剝《む》く。

「本気ですよ。当たり前じゃないですか。私たちが我が社の救世主になるんですから」

「戸越さんについつい乗せられちゃいましたね。革命は辺境から起きるんだ、なんて、戸越さん、酔うと全共闘みたいなことを言うんだから」

大野は大柄な身体を小さくした。

「後悔しているのですか？」

「いえ、後悔したって戸越さんに、やるぞと言われたらしかたないですもんね。やるしかないでしょう」

　大野は大きくため息をついた。

「物あり、混成し、天地に先んじて生ず。寂《せき》たり寥《りょう》たり、独立してかわらず、周行してとどまらず。もって天下の母となすべし」

「なんですか？」

「物事の本質を見極めようということです。なにかがあるんです。それは天地より先に生まれていて、静かで、おぼろげで、不変であって、とどまることはありません。それがこの世の全てを生みだしている母というべきなにかなのです。私たちは、そんなものを見つけださねばならないと思っていますよ」

「老子が言ったんですか。まだなにか見えないけど、本質的な化粧品を作れよって」

「よくわかっているじゃないですか」

　磯江は笑った。

「しかし、ねえ、磯やん、俺だって本質的な化粧品を作りたいですよ。でもそうは言っても化粧品って見たことあります？」

　大野が大柄な身体を熊のように丸めている。

「ありますよ」

「へえ、あるんだ」

　大野がちょっと見直したような目で磯江を見た。

「ヒゲ剃《そ》り後のアフターシェイブローションとかね」

「あれ、そんなのだったら俺だって使いますよ。女、女の化粧品ですよ」

「それは知らないな。古女房、化粧のノリも悪くなり。女房もあんまり化粧しているとは思えませんけどね」

「でしょう。うちの女房だって、まあ、パッパとなんか顔に振りかけているだけですからね。それにそんなに関心をもって見たことがないですもんね」

大野が、弱りきった顔をした。

「実はね、本当を言うと私、やってみましたよ」

磯江が真面目な表情になった。

「えっ、なにをですか？」

大野が聞いた。

「化粧ですよ。化粧」

磯江の言葉を聞いて大野は一瞬、口をポカンと開けたが、その後堰《せき》を切ったように大笑いした。

「なにかおかしいですか」

磯江が少し膨れた。

「すみません。磯やんが鏡を見て、白粉《おしろい》をパタパタとはたいているところを想像したものですから。なんだかティッシュに目鼻を描いたようになったんじゃないですか」

「ひどいことを言いますね。まあ聞いてください。女房に頼みましてね。白粉パタパタまではしませんでしたが、つくづく女性は大変だと思いました」

「教えてくださいよ」

「まずね、化粧水。それから美容液、乳液、下地クリームときて、やっとファンデーションになるんですよ。化粧水は、皮膚を保湿し、整えて、滑らかにする役割を果たします。肌に潤いを与えるわけですね。美容液もやはり肌に保湿や美白や栄養を与えます。その次は乳液でしたね。これは名前の通り乳化したもので肌に油分を与えて、カサカサになるのを防ぎますね。次の下地クリームは、ファンデーションの前に塗るんですが、日焼け止め効果や肌の状態を整えてファンデーションのノリをよくしたり、反対にファンデーションが皮膚に浸透し過ぎないようにしたり、要するに肌を守る役目ですね。これでようやくファンデーションです」

大野は、磯江が鏡の前に大人《おとな》しく座って妻の手で化粧を施されていく様子を想像した。うっとりとした目で鏡を見つめる磯江の表情が浮かんだ時、頭がくらくらとして気分が悪くなった。

「どうしたんですか、なんだか顔色が悪いですけど」

「だ、大丈夫です。それで落とす時は？」

「それがまた大変なんです」

磯江はなにやら笑みを浮かべ、楽しそうだ。

「同じようにするんですか？」

「ええ、これも大変ですよ。まずクレンジングオイルでファンデーションを落とします。ファンデーションは水じゃ落ちないんです。油分じゃないとね。その後、洗顔フォームとかの洗顔料で顔を洗います。これでようやくファンデーションが全部取れたので、化粧水、美容液、乳液、栄養クリームと続きます。女性は、これを毎日繰り返しているんですからたいしたものです」

「気持ちいいですか？」

大野は恐る恐る尋ねた。

「それがね」と磯江は微笑みを浮かべ、「意外と気持ちいいんです。やはり気持ちいいから女性は化粧を面倒くさがらないんでしょうね。大野さんもやってもらってください」

「俺が、ですか」

大野は自分自身を指で差す。

「そうです。女性の気持ちになりますからね」

磯江は笑った。

「へへへ」

大野は唇をひん曲げるようにして笑い、「止《や》めときます」

「ダメです。頼んでおきました」

磯江はにんまりと笑った。

「ええっ」

大野は大口を開けて、顔を引きつらせるようにして叫んだ。窓の方を見た。白衣を着た女性が笑みを浮かべて立っている。手に提《さ》げていたボックスを持ち上げ、微笑んだ。化粧品が入っているボックスだ。

「入ってください」

磯江がドアを開けた。

5

灰色の厚い雲が、都心のビル群に覆いかぶさっている。その雲を切り裂いているのは、レインボーブリッジだ。優雅な曲線を眺めているとなにやら希望が湧いてくる気がする。大観覧車が近づいてきた。ゆりかもめは国際展示場正門駅に着いた。

改札を出ると多くの人が流れるように東京国際展示場に向かっている。戸越もその流れに乗った。「インターナショナル・コスメエキスポ」という名の展示会に向かっていた。そこでは化粧品開発に関わる多くの企業が研究開発や新製品の発表を競っている。

社長の大森に自らリストラ志願して、化粧品を作りますと宣言したものの、戸越の頭の中に明確なプランが固まっているわけではない。

この展示会には、資生堂やコーセーなどの化粧品会社よりは、原材料や容器などの専門業者が出展している。参考になるのではないかと思って見学に来たのだ。

特徴のあるデザインの会議棟の建物が視界に入ってきた。ピラミッドを四つひっくり返したような建物だ。

ピラミッド形の堅い実がボンと弾《はじ》けたようにも見える。あるいは四つのかぎ爪か。あれが大きく開いて夢を摑《つか》むのだ。

階段を上がると、視界の全てが会議棟で埋まった。「インターナショナル・コスメエキスポ」という大きなポスターが見える。会場は西展示棟だ。

戸越は焦ってはいない。大森は信用して新しい事業を任せてくれた。普通だったら気負って、早く成果を上げなくてはならないと思うだろう。

しかし戸越はそういう考え方をしない。小手先で成果を出すのは、おそらくさほど難しいことではないだろう。

しかし、そんなものを大森が望んでいるとは思っていない。もっと本質的なもの、日本写真フイルムを変革しうるものを期待しているはずだ。

ミッションがある、と思っている。ミッションがない経営は経営ではない。

経営は、ありていに言えばＰＬ、損益計算書であり、ＢＳ、貸借対照表だ。それで全てが表される。

しかしそれだけではないはずだ。いくらＰＬとＢＳが素晴らしくても、ミッションがない経営は意味がない。

人々のクオリティ・オブ・ライフに貢献する、これが日本写真フイルムのミッション。これは戸越自身のミッションでもある。

このミッションを果たせるような製品を作って、世に問うのだ。この使命感が強くある限り、なんでもやり通すことができる。

「仁遠からんや。我仁を欲すれば、斯《ここ》に仁至る」と孔子《こうし》は『論語』の中で言っているではないか。

仁というのは遠く離れた近づきがたい理想だと、なぜそのように思うのか。仁を求める心があれば、仁はすぐここにあるのだという意味だ。

「たとひ一利那《いちせつな》に発心修証《ほっしんしゅしょう》するも即心是仏《そくしんぜぶつ》なり、たとひ一極微中《いちごくみちゅう》に発心修証するも即心是仏なり、たとひ無量劫《むりょうこう》に発心修証するも即心是仏なり、たとひ一念中に発心修証するも即心是仏なり、たとひ判拳裏《はんけんり》に発心修証するも即心是仏なり」と道元は『正法眼蔵《しょうぼうげんぞう》』の中に書いた。

たとえどんなに短い時間でも、小さくても、無限の中でも、一念の中でも、拳半分でも、仏を求め、修行し、悟れば、その心がそのまま仏になるという意味だ。

孔子も道元も勇気づけてくれると戸越は思う。

仁も仏を求める心も、経営のミッションも同じだ。遠くに掲げて仰ぎ見るものではない。自分自身も含めて、それを実現しようと思う心が大事なのだ。

そうすれば作りだす製品にミッションを注入することができ、それは人々の生活の質向上に寄与することになるだろう。

会場は人でごった返している。これほど多くの人が化粧品に関する展示に関心を持っているのだ。

変わった容器を展示していたり、新しい香りや原材料を説明していたりする。セクシーな姿をした女性が、妖しい笑みを浮かべて客を誘いこむ自動車ショーのような華やかさはないが、戸越の関心を呼び起こすには十分だ。

「戸越さん、日本写真フイルムの戸越さんですよね」

後ろから声をかけられた。戸越が振り向くと、知らない男が立っていた。

嫌な顔だ。

鼻眼鏡のような銀縁の小さな眼鏡をかけ、レンズから覗《のぞ》く視線は、他人に媚《こ》びるような、それでいて足をすくってやろうと考えているような抜け目ないものだ。

頭髪はやや長めで、白いものが目立つ。細身で華奢《きゃしゃ》な体つきは、どことなく粘着質な性格を感じさせる。

「ええ、どちら様ですか」

戸越は戸惑いながら返事をした。

「こういう者です」

男が名刺を差し出した。産日新聞記者塙孝一《はなわこういち》と書いてある。

産日新聞といえば最も権威ある経済専門紙だ。影響力も大きい。

嫌な顔だと思ったはずだ。今朝の産日新聞の紙面はひどい。「エクセレントカンパニーの落日」と題して日本写真フイルムの将来性に疑問符をつけていた。

「おや、その顔は、今朝の記事を読んでいただいたってことですね」

塙は、口角を引き上げるようにして歪《ゆが》んだ笑みを浮かべた。

「読ませていただきました」

戸越は渋い表情を浮かべ、自分の名刺を渡した。

「いい記事だったでしょう」

塙はにやにやしている。関わりたくない。

「さあ、どうでしょうか」

戸越は、持っていた化粧品容器を展示スペースに戻した。

「今までフィルム市場をほぼ独占していた御社の行く末が心配でしてね」

「恐縮です」

「日本の企業は、もうダメですね。産業部の記者としていろいろ見てきましたが、今は総崩れだ。韓国、中国に追いつかれ、追い抜かれ、それに対してなにかをしようという気力さえない。今はまだなんとかなっているようですが、そのうち家電もダメになるでしょうね」

「さあ、私はなんとも……」

「フィルムで儲《もう》け過ぎましたね。次の稼ぎ頭が見つからない。いい時代は過ぎ去り、もはや取り戻しはできないってところですか。多少のリストラをしたからって焼け石に水じゃないですか。さっさと他の会社のようにフィルムから一切合切撤退したらどうですか」

「………」

「聞きましたよ」

塙は笑みを浮かべた。薄い唇が薄情そうに見える。

「なにをですか？」

「戸越さんが中心になって化粧品を始めるんですって」

「あまり話すことはありません」

「あまり話すことはないって、これって化粧品業界のイベントですよ。まさかここでお会いするとはね。私はこうしたイベントの取材が好きなんですよ」

「もうよろしいでしょうか。他のブースも見たいものですから」

「先日、誰とは言いませんが、御社の役員にお会いしたら、化粧品かと嘆いていましたよ。我が社が資生堂やコーセーになれるわけがないってね」

「いろいろな意見がありますから」

「私も同意見ですね。もっとまともなことを考えたらどうですか。コピー機や写真印刷関連の産業機械などの分野に力を入れた方がいいんじゃないですか。いくら焦っているからって化粧品はないでしょう。それともなんですか？　現像液には美白効果があるんですか」

塙は笑った。

この場に誰もいなければ戸越は塙に拳を一発お見舞いしたことだろう。幸いと言うか、不幸にもと言うべきか、周辺には人が多く、すれ違うのさえ苦労するほどだ。

「現像液には美白効果はありません。失礼ですよ」

戸越の怒りを察したのか、塙は笑いを堪《こら》えるようにして「失礼しました」と言った。

「いずれ大森社長にもインタビューを申し込むつもりです。いくらなんでも化粧品なんて、フィルム会社からかけ離れ過ぎですよ。思いつき経営としか言いようがないですね。まあ、ウオッチはしていきますが、失敗しないようにたのみますよ」

突然、戸越の左腕が伸び、手が塙のスーツの襟を摑んだ。怒りで目や頬の筋肉が硬直して吊りあがっている。右手を固く握りしめ、拳を作った。

塙が恐怖で顔をひきつらせている。目が泳ぎ、視線がふらついている。

戸越は、唾《つば》を飲みこんだ。ふっと息を吐いた。

「失礼しました。襟にゴミがついていたものですから」

戸越は、手を離した。

塙の肩の力が抜け、表情を緩めた。

「あ、ありがとうございます」

塙は逃げるように去っていった。すぐに人ごみの中にまぎれて見えなくなった。

戸越は、右手を開いたり、閉じたりした。

「よく我慢したな」

右手に向かって呟いた。

ふたたび、ブースの間を歩き始めた。各展示ブースに特別講演のポスターが貼ってある。会議棟の中の国際会議場で、経済産業省製造産業局長の講演があるとの案内だ。

今日、ここへ来た目的の一つだ。

「もうすぐ始まるな」

戸越は時計を見て、足を速めた。

6

悠人は、ライフサイエンス研究所というプレートがかけてある会議室のドアを開け、「只今《ただいま》、戻りました」と勢いよく声をかけた。

椅子に座る大野の背中が見え、それがくるりと椅子ごと回転した。

悠人はその場に立ちつくした。目を見張り、大野の顔を正面から見た。そして笑いがこみあげるのを抑えることができなかった。

「ははは、なんですか、その顔は」

大野が、大きな身体をねじるように科《しな》を作った。

「おかしいかぇ」

「おかしいですよ。気持ち悪いですよ」

大野の顔は、ファンデーションが厚く塗られ、頬は紅色に染まり、唇は赤く塗られていた。

大野の顔はひと言で言うと、ゴツイ。まったく女性っぽさの欠片《かけら》もない。その顔に化粧が施されている。昼間のお化け、いや怪獣だ。

「私、きれい？」

大野は、首を傾げ、右手の人差し指を頬に当てた。

「化粧品開発するにあたって実際に化粧をしてもらったのですよ」

磯江が笑いながら言った。

「早く落としたらどうですか？　変に思われますよ」

悠人は言った。

「この姿で一日過ごしてだな、それから化粧を落とすんだ。女性の立場にならなけりゃいいものはできないからな。案外、気持ちがいいぞ。お前もやってもらうか」

大野が言った。

「嫌ですよ」

　悠人は顔をしかめた。

「それより本社の方はどうでしたか」

　磯江が聞いた。

「広報の吉見課長と林葉さんにお会いしました。広報は今回の化石プロジェクトを全面的に支援してくれるそうです。社内にも社外にも私たちの新しい事業の試みを広報してくれます。こちらにも取材に来たいと言っておられました」

「それはよかったです。頑張りましょうかね。咲村さん、論点の整理はできましたか」

「はい、論点を整理してきました。私たちはなにをなすべきかということです。ここに集まってください」

　悠人は持参したペーパーをテーブルに並べた。磯江と大野がテーブルについた。大野からは化粧品の香りが漂ってきた。

「まず化石プロジェクトは、フィルム製造で培《つちか》った技術を生かして化粧品など人々の美容と健康に寄与するものを製造するのが目的です」

「その過程で、俺たち化石人材もまだまだやれると認めさせることも重要なテーマだ」

「その通りです。人は石垣、人は城。企業はやっぱり人材でしょうと言わせたいですね」

「私たちの強みはなにかというと、これですね」

磯江がペーパーを指差した。

「コラーゲンの技術に優れていること。抗酸化技術に優れていること。ハロゲン化銀のナノ化で培ったナノ化の技術に優れていること、これが主要な強みです」

「他にも色彩のコントロール技術なんかも優れているぞ。写真というのは西欧人と日本人の好む肌色を生みださねばならないからな。俺のファンデーションって日本人好みか？」

大野がウインクする。

「真面目に議論してください」

悠人が怒る。

「さあてと、優れている、優れていると言ったって、本当に他社に比べて優れているとは言えるのかな」

磯江が冷静に言った。

「優れているに決まっているじゃないですか。俺がフィルム基板に二十数層もそれぞれの役割を持たせて塗っていたのはゼラチンですよ。ゼラチンってコラーゲンですからね。フィルムはコラーゲンだって言っても言い過ぎじゃない」

　ゼラチンは、動物の皮膚や骨の結合組織の主成分であるコラーゲンに熱を加えて抽出したものだ。

「ゼラチンのプロ、大野さんにとってはコラーゲン命ってわけですね」

「コラーゲンというのは、人の肌の三〇％を構成しているんだ。もっともっと注目されてもいい。幹細胞の培養等の医療の分野にも使われていくぞ」

「女性もコラーゲンには弱いですからね。コラーゲンたっぷりなんていうと、ついふらふらとなりますから」

　悠人が言った。

「コラーゲンを知りつくしているということは、人間の皮膚を知りつくしているということです。ですから人間の皮膚を守り、張りを持たせるような製品でないといけないですね」

　磯江が言った。

「抗酸化技術ですよ、強いのは。これ、絶対」

　大野が親指を立てた。

「私たちが抗酸化技術に優れているのは、フィルムの酸化を防がねばならないからです。フィルムはどんな環境でもちゃんと写真が撮れなくてはいけません。だからフィルムを劣化させる酸化を防ぐために研究を重ねてきました」

「そうなんだ。咲村は知らないだろうけど、ゼラチンの中にいろいろな抗酸化物質を溶けこませているんだぜ」

「酸化というのは物質を劣化させたり、人間にとってもよくないことなんですね」

「酸化は重要な生命反応だけど、単純な言い方をすれば、身体がサビちゃうんだな。酸化のストレスが人の身体を悪くするんだ」

「紫外線などでストレスを感じると活性酸素ができますね。それが遺伝子を損傷させたりして癌《がん》を引き起こしたりするんです。こうした活性酸素の害から皮膚を守るために、私たちの抗酸化技術を使います」

磯江が言った。

「ペーパーには、化粧品に利用できる天然由来の物質を列記しておきました」

「天然由来のものを使わないといけませんからね。ビタミンCやE、コエンザイムQ10の他に、カロテン類ですね。天然の赤い色素。人参《にんじん》のベータカロテン、トマトのリコペン。キサントト類、緑黄野菜に含まれるルテインなど。ポリフェノール類ではお茶のカテキン、タンニン、ブドウのアントシアニン、大豆のイソフラボンなどがありますね」

「これらは天然の色素だから、色素に詳しい我々の出番だぞ。色素っていうのは、昔から薬として利用されていたから、もっと色素を研究したら意外な利用法が見つかるかもしれないぜ」

大野が言った。

「でも……」と悠人は浮かない顔をした。

「どうしましたか？」

磯江が聞く。

「なんだかありきたりの物質ばかりで面白くない気がするんです。抗酸化物質はもう利用しつくされているんじゃないんですか？」

咲村が言った。

「そうだな。ビタミンCやEやコエンザイムQ10らを他社の製品より何倍も入れるかだな。我々なら出来るぞ」

大野が応える。

「もう一つはナノ化の技術ですね。これは誇ってもいいんじゃないですか。だって光を感じるハロゲン化銀のミクロン単位の結晶を思い通りに作って、その効果が最大限に発揮できるように配置できるのは、我が社だけですよ」

「カラーフィルムは、化学の芸術品と言われていますからね」

「このコラーゲン、抗酸化、ナノ化の三つの技術に加えて乳化の技術も他社よりずっと優れているんじゃないでしょうか?」

磯江が言った。

「乳化ですか? 乳化って水と油を混ぜることですが、どこでもやっていますよね。マヨネーズですから」

悠人は磯江の話を意外に思った。

乳化は水と油のように本来混ざり合わない分子を混ぜ、安定させることだ。牛乳では脂質にたんぱく質が、乳化剤すなわち界面活性剤の役割を果たし、水の中に混ざっている。脂質の分子が大きいために白濁した色になっている。この分子が小さくなれば透明になる。

「我が社なら透明な牛乳さえ作れますよ」

磯江が自慢げに言った。

「透明な牛乳ですか? 美味《おい》しくなさそうですね」

悠人は顔をしかめた。

「磯やんの言う通りだな。乳化っていうのは基礎的な作業でたいしたことはないと思っている奴が多いけど、乳化が上手《うま》く行かないとハロゲン化銀も色素カプラーも適正に分散できないからな。乳化こそ最も重要な技術かもしれんな」

大野が感心したように言った。ファンデーションを塗った顔がすっかり馴染《なじ》んでいる。悠人は、癖になるんじゃないかと心配になる。

「化粧品を作るにあたって乳化は最も重要な技術です。私たちのプロジェクトに乳化のプロに参加してもらう必要がありますね」

　磯江が考えこんだ。

「乳化のプロですか……」

「俺たちが勝負する化粧品業界にはトップブランドの資生堂やコーセーがあるんだ。まともに勝負したって勝てるわけがない。フィルム業界じゃトップだったけど新参者として謙虚に闘いを挑まにゃならん。そのためには俺たちの特徴を極限まで生かす必要があるんじゃないかな。だからこそ、乳化の技術を見直す必要があるってことか」

　大野の頬がこころなしか赤くなった。頬紅のせいではない。力が入ってきたのだ。

「戸越さんが言っています。思いっきりとんがろうじゃないかって」

　磯江が微笑んだ。

「化粧品の市場規模は約二兆円。その半分が基礎化粧品と言われる分野です。そのペーパーに書きましたが、私たちの技術を生かすとすれば肌を守り、癒し、新しく再生することができるこの分野だと思います。この分野で、徹底的にとんがって、フィルムで培った技術をアピールして、消費者の信頼を勝ち取っていかねばならないんです」

悠人も徐々に熱くなってきた。

「そのためにも乳化のプロが必要ですね。これからは誰も混ぜたことがない、乳化させたことがない原材料を使わねばならなくなりますからね」

「誰も使ったことがない原材料ですか」

「ええ、それくらいのことをしなければ日本写真フィルムが化粧品を作る意味がないでしょう。肌や健康に非常に効果的だとわかっていても技術的に困難で利用できなかった原材料を使うのです。戸越さんは、夜明け前の原材料を使えとおっしゃってます。夜明け前です。夜が明けてしまった原材料では我が社の特色が出ません。私の頭には幾つか候補はありますがね」

磯江は、自信ありげな笑みを浮かべた。

「夜明け前の原材料について話してくれないんですか?」

悠人が言った。

「まあ、もう少し待ってください。いろいろ試してからです」

「磯やんの出し惜しみが始まったな」

大野が笑った。

「ところでねえ、咲村さん」

磯江が言った。表情が真面目になっている。

「はい」

悠人も表情を引きしめた。

「あなた、鎌《かま》田《た》一郎《いちろう》さんを知っていますね」

「ええ、以前社宅が一緒でしたから。よく飲みました」

「そうですか……」

磯江は真剣な表情でなにかを考えている。悠人は緊張して磯江の次の言葉を待った。

「鎌田さんをこのプロジェクトに誘ってください」

磯江は悠人を見つめた。

「鎌田さんを、ですか」

「あの人こそ乳化のプロなのです。夜明け前の原材料を使うのに絶対に必要な人です」

「でも……確か……退職されたんじゃなかったですか。リストラで」

「有給を消化中で、ぎりぎりまだ籍は我が社にあります。今はうどん屋になると言って小田原で修業中です」

「うどん屋ですか」

悠人は驚いた。

「私が説得を試みましたが、無理でした。咲村さん、頼みます」

磯江が頭を下げた。

「おいおい、早速、難しい仕事を引き受けちまったな」

大野が嬉しそうに笑った。

7

「化粧品は、非常に付加価値の高い産業です。付加価値率は六〇%と言われており、消費者は納得さえすれば高価格製品であっても購入を厭《いと》いません。最近、日本の化粧品のブランド力が高まっており、輸出も増加傾向で推移しています。経済産業省としても非常に関心を持ち、支援していきたいと考えているところであります」

会場は人で埋めつくされていた。千人以上が入っていると主催者が報告していた。熱気が会場内の空気を熱くしている。

戸越から遠く離れた舞台では経済産業省の製造産業局長がよく通る声で話をして

いる。

彼は、化粧品の付加価値率が高いことを強調した。製造業平均では三〇％程度だが、化粧品や医薬品は六〇％程度にもなる。情報通信器や自動車は三〇％にも満たない。

この理由は、化粧品はデフレの時代にもかかわらず高価格製品が多く販売され、他の製品に比べて価格の引き下げ競争が起きないからだ。

「化粧品をやろうとすることに間違いはない」

戸越は唇を引きしめ、ひとりごちだ。

フィルムという高付加価値製品を失いそうになっている今、それに代わる高付加価値製品と言えば化粧品であり、医薬品だ。

「経産省の統計では出荷額は約一兆五千億円ほどです。ただ輸入や輸出が伸びており、市場規模は約二兆円であります。ただし全て順調かと言うとそうではありません。少子高齢化、長引く不況などの影響で国内の市場の伸びが鈍化しています」

化粧品人口を十五歳から七十四歳までの女性人口だと規定すると、二〇〇〇年の約五千万人をピークに減少傾向になっている。

「二〇〇〇年がピークとは皮肉だな」

戸越は再び呟いた。

フィルム需要が急激に減少し始めたのが二〇〇〇年だったからだ。日本の少子高齢化の傾向を考えると、化粧品人口はさらに減少傾向を強めるだろう。市場が縮小してしまうのだろうか。

「女性はきれいでありたいと思う気持ちを永遠に持ち続けるに違いない。確かに十五歳から七十四歳までの人口は減っているが、他方で七十五歳以上は増えている。このデータからみても、アンチエイジングマーケットは拡大するだろう。その市場こそ、我々の技術を生かすことができる」

戸越はメモに記した。

講師の製造産業局長は、製造業の今後の方向性について示唆《しさ》に富んだ話を始めた。

戸越は、食い入るように彼を見つめて真剣に聴いた。

局長は、日本の製造業は、高い技術を生かして高品質、高機能な製品を作れば売れるという発想だったから、技術で勝ってビジネスで負ける結果になったのだと強調した。

彼が提示するのは、イノベーションを強化した創造性の高いもの作りに転換し、新市場を開拓すること、単品を作るのではなくサービスと融合することでもの作りからコト作りへ転換すること、マーケティングを強化する客作りへ転換すること、の三つだ。いちいちもっともだと戸越は納得した。今は見切り発車的にプロジェクトを立ち上げたが、大幅に予算を獲得する際には、この局長の話を参考にさせてもらおうと密《ひそ》かに考えた。

講演会が終わった。聴衆が一斉に立ちあがり、出口に向かう。戸越も人の流れに逆らわないように歩いていく。

ふと前方を見ると、見たような男の背中があった。全体に肉厚で、特に肩の肉が張り、ほとんど首がない。

「社長……」

思わず戸越は走りだそうとした。

間違いない。あの背中は大森社長だ。彼もこの講演を聴いていたのだ。なぜ？　まさか？　と思いつつも、社長は、本気で化粧品に関心を持ってくれているんだと思い、無性に熱いものが込みあげてきた。

男の背中が目の前に迫った。男は、目立たないように人ごみにまぎれて足早に歩いている。

戸越は手を伸ばし、男の背中に触れそうになった。

しかし、手を引いた。その場に立ち止まった。流れが遮られ、戸越を迂回《うかい》して人が流れていく。

「頑張ります」

戸越は拳を握りしめ、男の背中に向かって頭を下げた。

頭を上げた。もう男の背中は見えない。

あれは間違いなく大森社長だった。あれほど特徴のある背中はない。

でも……、まさか社長がこの展示会に来て、講演を聴いていたなどということがあるだろうか。分というより秒刻みに多忙な人だ。やはり人違いか。

「ああ、やっぱり背中をたたいて振り向いてもらえばよかったかなぁ」

戸越は、後悔した。

「戸越はんやおまへんか」

その瞬間、拍子抜けするような関西弁で声をかけられた。

目の前に小柄で小太りな男が立っている。頭髪が薄く、つやつやとした顔にピンクのセルロイド製フレームの眼鏡をかけている。スーツは濃紺だが、ストライプが目立ちやや派手めだ。

「猿橋《さるはし》です。猿橋広之進《ひろのしん》です。ドクター春風堂《しゅんぷうどう》の」

「ああ、すみません、猿橋さん。気がつきませんで……」

戸越は、以前からこうした化粧品関係の展示会に顔を出していた。その際、同じブースで顔を合わせ、言葉を交わしたのが猿橋だ。見かけ通りの人なつっこさで話しかけてきて、化粧品業界についていろいろ説明をしてくれた。その後も時々戸越は電話で業界について質問をしていた。

猿橋は、ドクター春風堂という化粧品会社の社長だ。

彼の会社は、大阪に本社を持ち、ドクターズコスメというジャンルで急成長している。

ドクターズコスメというのは、皮膚科医が開発に関わったり、監修したり、メーカーと共同開発したりする化粧品ジャンルだ。

肌トラブルに悩む女性が皮膚科、美容外科で医者から薦められた化粧品を使い、効果があったことから消費者の間に広まり、最近になって一つのジャンルを形成した。

医師が製造に関わることで薬事法上、許可されていない原材料や配合量も可能となり、一般の化粧品にはない効果を上げられると消費者が期待していることが成長の大きな要因だ。

「えろう熱心でんな」

猿橋が微笑みながら言った。

「なにがですか」

「化粧品、本気みたいですな」

「ええ、まあ」

「ちょっとそこでビールでも飲みましょうか。冬のビールも美味《うま》いでっせ」

猿橋は、戸越の返事を聞かずに歩きだした。

戸越は、猿橋の後に従った。彼のことは嫌いではない。関西人特有の厚かましい印象はあるが、正直で率直なところは好ましく思っていた。

会議棟一階にあるカフェレストラン・ニユートーキヨーに入った。

四百席はあろうと思われる広いレストランだ。

猿橋は窓際の席にさっさと座った。四時を過ぎたころだが、あたりはもう薄暗くなっている。二月の日没は早いから当然のことだ。

こんなに暗くなると、イベント後にここで飲むより新橋か銀座あたりに行く人が多いのだろうか、席には余裕があった。

「ねえちゃん、生、生ビール二つ、それにソーセージの盛り合わせ」

猿橋は、手を上げ、ウエイトレスに声をかけた。

人の好みなど斟酌《しんしゃく》しないところが創業者的だ。

「ポテトフライも頼んでください」

戸越が言った。

「ええですよ。ポテトフライですな」

猿橋は、ふたたび手を上げると、「ポテトフライもね」と言った。

しばらくするとウエイトレスが注文の品を運んできた。

生ビールのジョッキが戸越の目の前に置かれた。

「ほな、乾杯しましょっか」

猿橋がジョッキを持ち上げた。

「なにに乾杯しましょうか？」

戸越が聞いた。

「戸越はんの新しいビジネスに決まっとるやないですか。化粧品ビジネスの成功に乾杯ですよ。乾杯！」

「ありがとうございます。乾杯！」

猿橋が目を閉じ、心底、美味しそうにビールを飲む。咽喉仏《のどぼとけ》が上下している。

戸越も飲む。会場に熱気がこもっていたせいか、思いのほか、冷たいビールが美味い。

「乾杯はしましたけどね。悪いことは言いません。日本写真フイルムの名前は使わんほうがええですよ」

猿橋はジョッキを置くやいなや、真面目な顔で言った。

「いきなりどうしたのですか？」

戸越は戸惑いを覚えた。

「記者会見の記事や、その他いろいろ読ませてもらいました。お宅もえろう大変ですな。主力のフィルムが消えるやて、想像もつかんことが世の中にはまま起きるものです。石炭があかんようになって石油に替わったりね。今まで当たり前やったものが突然、当たり前やなくなる。そら、焦りまっしゃろ。せやから化粧品なんかやったらよう儲かるんやないかと思われたんじゃないですか。あきまへんで。慣れんことはしたらあきまへん」

猿橋は、丁寧にソーセージを切り分け、それを戸越の皿に取り分けた。

「からし、使いますか」

「恐縮です」

「化粧品というのはイメージです。私らのドクターズコスメも効き目はしっかりしてますけど、やっぱりイメージが大事なんです。特に基礎化粧品という分野は、直接、肌に触れますさかいね。保守的なんです。どんな女性も資生堂やカネボウ、コーセーなら信用しますけどね。他はなかなか信用してもらえへんのです。私らは、医者の信用で上手く行きましたけどね」

猿橋は、ソーセージを摘まみ、ビールを飲んだ。

「私たち、日本写真フイルムもお客様への信用、信頼に命をかけてきました」

戸越は、短く答えると、ビールを飲んだ。不思議と猿橋の言い方には腹が立たない。さきほどの産日新聞の塙は嫌味だったが、不思議だ。関西弁というのは、厚かましくも聞こえるが、率直な話を柔らかくする効果があるのかもしれない。

「そうでっしゃろな。お客様の信用、信頼がなかったらあれほどのシェアにはなりませんわな。でもそれはフィルムのことです。化粧品は女性が相手です。女心と秋の空と言いますやないですか。変わりやすい女の人の心を摑むのは難しいんですわ。この化粧品がええと思ったら、それをずっと使う。そうかと思うと急に変わったりする。ほんまに難しいでっせ。勝手な想像ですけど、お宅のカメラやフィルムは、お父さんが買ってきて、家族のために記録を撮るのが多いんやありませんか。女の人にとってはお宅の会社は、あんまり馴染みがない。そこが化粧品を出しても、まあ、口が悪いですが、現像液で顔を洗うんですかと言われるんやないですか」

猿橋は淡々と言った。

「現像液で顔を洗う、ですか」

戸越は、むっとした。

「基礎化粧品の中で化粧水は大きな比率を占めてます。それを日本写真フイルムで作ったら、口の悪い奴なら、これは現像液ですか、と言うんやないですか。こんな話、知ってますか？　ある有名な洗剤なんかを作っている会社があります。その会社が高級なシャンプーを発売する時、一切、自分の会社の名前を表に出しませんでした。それは普段から安い製品ばかり出しているんで高級品を販売する時は、そのイメージを嫌ったんですな。それで成功しました」

猿橋は、ポテトフライに手をつけた。

「ご忠告、ありがとうございます。実は、社内からもそう言われています」

戸越は、ふっと笑みを洩らした。

「そうでっしゃろ」

猿橋は、急に明るい表情になった。自分の意見が受け入れられたと思ったのだろう。

「社内といってもOBの元役員連中ですが、化粧品をやると聞きつけたんでしょうね。そんな恥ずかしいものを作るなとその一点張りですよ。参りました。フィルムの技術を生かせる分野なんですと言っても聞く耳は持っていません。とにかく化粧品なんて作るな、日本写真フイルムの名前を使うなと言うばかりで……。化粧品なんて男のやる仕事じゃないとまで言うんですよ」

今度は猿橋がむっとした顔をした。

「そりゃ誤解ですな。化粧品は、産業で言えば、自動車みたいなものやと私は思うてまっせ。自動車があるから、部品屋さんや鉄鋼屋さんらの仕事があるんです。いくら自動車好きやいうてもエンジンだけもろてもなんにもなりません。自動車という形になっているからお客さんが買《こ》うてくれはるんです。化粧品も同じです。材料や瓶だけあってもなんにもなりません。化粧品という形になってこそお客さんは買うてくれはるんです。そのおかげで材料屋さんも瓶屋さんもなにもかもが潤うているんです。せやから化粧品は自動車と同じやと言うんですわ。それは立派な仕事です」

猿橋は、思いっきりビールを飲んだ。

「その通りです。とてもやりがいがある仕事です。写真も、人々の生活を豊かにするものでしたが、化粧品も同じだと思っています。そんな素晴らしい仕事なら日本写真フイルムの名前を堂々と出して勝負したいというのが私の思いです。我が社が今まで培ってきた信用、信頼は、必ずお客様に通じてブランドになると思います。反対の人が多いので、あえて日本写真フイルムを前面に出して勝負したいと思っています」

戸越は、熱意を込めて話した。まるで役員会に臨んで化粧品を本格的に作る予算を獲得する時のような気持ちだ。

猿橋は黙っていた。そして戸越の顔をじっと見つめていたかと思うと、急に笑いだした。

「なにかおかしいことを言いましたか?」

戸越は聞いた。

「あんたはんは、相当な天の邪鬼でんな」

「天の邪鬼ですか? 素直な人間だと思っていますが」

「いやいや相当なものだ。気にいりましたよ」

猿橋は、右手を差し出した。

「握手ですか?」

「これからは同じ業界の仲間ですからね」

「よろしくお願いします」

戸越は、猿橋の手を握った。

「一つだけ、アドバイスをさせてもらいます。お宅は大企業やからいろいろ大変でしょうが、みんなが賛成するもんやない、みんながあっと言うもん、あんたがええと信じるもんをドーンと出しなはれや。世の中に日本写真フイルムここにありと言えるもんを出しなはれや。私にできることがあったら相談してくだされればよろしおまっさ。あんたとは仲ようなれそうですわ」

猿渡は、戸越の手を強く握った。年齢的には戸越よりかなり上だと思うのだが、思いのほか力強い。

「よろしくお願いします」

戸越は、頭を下げた。

「ほな行きましょうか?」

猿橋が立ちあがって伝票を摑んだ。

「ここは私が……」

戸越も慌てて立ちあがった。

「なに言うてまんねん。こんなビールとソーセージくらい私が払わせていただきます。戸越はんの新しい出発にはちょっと貧相でしたな。すみませんでしたな」

猿橋は、楽しそうに言うと、さっさとレジに向かった。

「ありがとうございます。信じる道を行かせてもらいます」

戸超は、猿橋の後ろ姿に頭を下げた。

窓から外を眺めた。すっかり暗くなっている。街灯も都心の明かりもなにもない。真の闇だ。

「この暗さは、夜明け前の暗さなんだ」

戸越は呟くと、鞄を抱え、猿橋の後を追った。

第四章　アスタキサンチン

1

確かこのあたりのはずだが……。

悠人は、注意深く通りの看板を見ながら歩いていた。

小田原駅前には、それほど高くないビルが並び、メイン通り沿いはアーケードになっていて、軒下に土産物屋や食堂などがずらりと並んでいる。

人通りは決して多いとは言えないが、典型的な地方都市に見られるようなシャッター通りになっていないところをみると、それなりに客はいるのだろう。

鎌田が修業しているうどん屋はどこにあるのだろうか？　鎌田とは、同じ社宅にいたので親しくしていた。彼は五十五歳を過ぎていたため、今回のリストラをきっかけに退職する道を選択したことは知っていた。しかし、うどん屋を始めることは聞いていなかった。

「『かのう屋』という名前だったなぁ」

悠人はひとりごちた。

なんだか気持ちが盛りあがってこない。磯江や大野からは、絶対に鎌田を連れ帰ってこいと強く言われてきたが、気が進まない。

鎌田は、なかなかの人物だ。悠人は、同じ社宅で家族ぐるみの付き合いだったから親しくしていたが、変人と言われるくらい頑固者というか、偏屈なのだ。

工業専門学校を卒業し、日本写真フィルムに入社し、フィルム製造一筋で働いてきた。そのことにものすごい誇りを持っている。

俺は料理人だ、というのが口癖だった。

「たとえば、ここに材料があるだろう。野菜でもキノコでも魚でもなんでもいい。料理人は、それを調理して、お客様に食べてもらわねばならない。そして美味《おい》しかったと喜んでもらうんだ。俺は料理人だよ。フィルムにふさわしい材料があったら、それにもっともふさわしい調理方法で調理をして、お客様に満足してもらうんだ。材料が、こんな風に料理してくれって俺に囁《ささや》きかけるんだ」

鎌田は、社宅の近所の居酒屋で、楽しそうに飽きることなくフィルム製造について語った。

「でもあの時は寂しそうだったものなぁ」

　ある日の夜、玄関のドアチャイムが鳴った。悠人がドアを開けると、鎌田が憔《しょう》悴《すい》した顔で立っていた。そのただならぬ雰囲気に「どうしたんですか」と思わず聞いた。

　鎌田は、「辞めることにした」とぼそりと言った。

「えっ」

　悠人は一瞬、意味が理解できなかった。

「リストラに応募するんだ。もうフィルムからは足を洗う。すっぱりとね」

　鎌田は、無理に笑みを作り、「頑張ってくださいよ」と悠人に言うと、自宅に戻ってしまった。

　悠人は、暗闇に溶けこみ、消えていく鎌田の背中を見つめながらなにも声をかけられなかった。

「だれだったの?」

　尚美が部屋の奥から声をかけた。

「鎌田さん、辞めるんだって」

「えっ」

尚美が慌てて、開け放たれた玄関から外に出た。しかし、そこには暗闇しか見えなかった。

「リストラに応募するんだ。寂しいね」

「信じられないわ」

「でもあれほどフィルム一筋に生きてきた人だからね」

悠人も尚美と一緒にいつまでも鎌田が消えていった暗闇を見つめていた。

悠人は、店の暖簾《のれん》や看板を一つ一つ確かめるように歩いている。磯江から聞いてきた場所は、このあたりで間違いない。

「あった！　あれだ」

通りに「かのう屋」の袖看板が見える。紺の暖簾が揺れているのがわかる。

足が止まった。

どうしようか？

いきなり、鎌田さん、いますか！　と暖簾を割って店に入るのがいいのか。しかし、そんなことをすればなにをしに来たんだと言われそうだ。そして帰ってくれと言われたらどうしようもない。

磯江は、一度、鎌田を口説きに来た。磯江のことだから、諄々《じゅんじゅん》と会社への復帰を説得したに違いない。それでも鎌田は首を縦に振らなかった。相当な決意だ。それなのに軽いノリの感じで店に入ったら、それこそ冷や水をぶっかけられるかもしれない。

ではどうしようか？

そっと入って、普通にうどんを注文して食べる。そして機会を見つけて、話す。これが一番さりげなくていいだろう。

あれ、咲村じゃないか？　どうしたの？

あれ、鎌田さんじゃないですか、こんなところでどうしたんですか？

ああ、ダメだ。これではわざとらしい。うどん屋に入ったら、偶然、鎌田がいたなんてだれも信じない。

鎌田さん、実は、お話があって来ました。それよりなによりこのうどん、美味《うま》いですね。

まずはうどんの美味さを誉《ほ》めることだ。これで鎌田の機嫌をよくする。話は、それからだ。

悠人は、「かのう屋」の暖簾の前に立った。大きく深呼吸をする。よしっ。両手でパンと頬を叩き、気合いを入れる。

「さあ、行くか。これに化石プロジェクトの成否がかかっているんだぞ」

悠人は、勢いよく暖簾を右手で撥《は》ね上げた。

2

磯江が化粧品の原料として提案したのはアスタキサンチンだった。

「これを見てくださいよ。アスタキサンチンです」

磯江は、実験皿に盛られた赤い色素の粉末を大野に見せた。

アスタキサンチンは、蟹《かに》や鮭《さけ》に含まれている赤い色素だ。それが持つ抗酸化力はビタミンEの約五百五十倍から千倍と言われている。

蟹や鮭は、アスタキサンチンを含むヘマトコッカスという藻《も》を餌《えさ》にして体内に蓄積する。食物連鎖の結果、蟹や鮭の体内に蓄積されたアスタキサンチンが、彼らの甲羅や身を赤く染めている。鮭は本来、白身の魚だ。それがアスタキサンチンを体内に蓄積することで赤くなっているのだ。

鮭の体内に蓄えられたアスタキサンチンは、その強力な抗酸化力で鮭の身体に生じる活性酸素や疲労物質などを除去し、鮭の身体を守っているのだろう。だから鮭は長い航海をし、急流に抗して遡上《そじょう》できるのだろう。またアスタキサンチンが不足している鮭の卵は孵化《ふか》が困難だと言われている。まだまだアスタキサンチンには秘められた力が存在しているに違いない。

当然のことながら化粧品という人の肌に使用するものを作る以上、安心で安全な、自然由来の原料を使わねばならない。

当初、磯江も大野と同じようにコラーゲンやコエンザイムQ10のような広く利用され、消費者に馴染《なじ》みがある原料を使用しようと考えていた。

ところがリーダーである戸越は、原料選択に条件をつけた。それは、即ち、夜明け前の原料を使うこと、そしてとんがった原料を使うことの二つだった。

「コラーゲンやヒアルロン酸も使う。だけどな、それだけじゃわざわざ日本写真フイルムがこの業界に参入する意味がないだろう」

コラーゲンがたっぷり入った化粧品などという謳《うた》い文句は、当たり前過ぎると戸越は言った。

「しかし……」

磯江は、苦渋に満ちた表情で戸越を見つめた。

「化粧品を作ったことがない我々が採る道は二つあると思う。一つは安全に、他の会社と同じ道を歩くことだ。これは失敗は少ないだろう。もし失敗しても安全運転したことの言い訳は可能だ。しかし、我々の技術力を世に問うことはできない。もう一つは安全ではない、他社とは違う道だ。この道は失敗もあるだろう。でもこの道を選びたいんだ。今回、化粧品に進出しようとするのは、世間に日本写真フイルムあり、というところを見せつけたいからだ。なあ、磯やん、冒険しようや」

戸越は言い、磯江の肩をぽんと叩いた。

戸越さんに言われちゃ、しょうがない。磯江は苦笑した。

磯江は、数十万という、日本写真フイルムの知見がある原料の中から化粧品に合う原料を探した。

その原料は、戸越が言う夜明け前の原料か？　とんがっているか？　他社の後追いではないか？

まるで深い森の中を手さぐりで歩いているようなものだった。木々が折り重なるように繁《しげ》り、光は届かない。やっと見つけた小路も歩きだすと、すぐに行きどまりになる。足には蔦《つた》や下草が絡まり、磯江が急ごうとするのを邪魔している。なんどため息をついたことか。これだと思っても、磯江の耳に、戸越の声が響く。

夜明け前の原料か？

ようやく探しだしたのがアスタキサンチンだったのだ。真っ赤、濃い朱色の色素だ。その赤色を見た時、頭ではなく、胸にぐっと迫るものがあった。よい小説を読んだ時のような感動だ。理性で理解したのではなく、感性で理解したのだ。

「私は、これを使ってみたい。これこそ戸越さんが言う夜明け前の原料ですよ」

磯江はいとおしそうに赤い色素を見つめた。

「そりゃ、無理ですよ」

大野が大げさに手を振って、否定した。

「なにが無理なんですか？」

磯江が、少しむっとした。

「無理なものは無理でしょう。それだけです。俺はコラーゲンのプロですから、それがたっぷり入った乳液とか、化粧水を作りましょうよ。まず、できるところからです」

大野は真面目に反論した。

「コラーゲンとかコエンザイムQ10とかヒアルロン酸など、消費者に馴染みがある材料を使うという手もあるが、それでは我が社の特徴が出ないと思います」

磯江も譲らない。

「俺たちは、まだ会社から正式に認可されたとは言い難い状況ですよ」

大野が強調した。

「だからどうしたというのですか？」

磯江が平気な顔をする。

「失敗は許されないってことを言いたいんですよ、俺は」

「失敗しなければいいじゃないですか」

「失敗しますって。だって誰も成功してませんよ。アスタキサンチンを使うなんて！」

「これの抗酸化力は、ビタミンEの約五百五十倍から千倍、ベータカロテンの約四十倍、コエンザイムQ10の約八百倍と言われているのは知っているでしょう」

「ええ、自然界最高の抗酸化力だっていうんでしょう？」

「これ以上の抗酸化力を持つ自然由来の原料はないと言われています。これを利用して化粧品や栄養ドリンクを作ったら、最高の抗酸化力を持つ製品になると思いませんか」

　磯江は目を輝かせた。

「そりゃそうですけどね」

　大野はまだ気乗りしない。

「自然界最高の抗酸化力が、肌の老化を防いで、張りのある肌にします。ドリンクに応用すれば、抗酸化力が動脈硬化を抑制したり、細胞を活性化したり、多くの人を健康にする可能性が高まりますよ」

「でも……」

大野の表情は相変わらず暗い。

「大野さんらしくないな。どうしたんですか。頭から否定するなんて……」

「知らないんですか？」

「なにをですか？」

「実は俺だってアスタキサンチンを考えなかったわけじゃないんですよ」

「それなら意見は一致しているわけですから、世界一の抗酸化力を持った化粧品を作りましょうよ」

「それがですね。ダメなんですよ」

「なぜですか？」

「すでに他社がアスタキサンチンを使って失敗しているんです」

大野の顔が一層、曇った。大きな鼻や厚い唇が、幾分、小さく薄くなったような気がした。

「それは初耳ですね」

磯江の表情がわずかに厳しくなった。

「ある大手化粧品メーカーが、アスタキサンチンを配合した化粧水を作ったんですよ。そうしたらですね、服の襟なんかが赤く染まったっていうんですよ。そりゃそうですね、赤い色素なんですから。それでクレームばかりでまったく売れなくて、大失敗だったというんです」

「どこから聞いたんですか」

　磯江が不機嫌そうに聞いた。

「あまり言いたくないですけどね。マスコミです。この間、産日新聞の記者から電話取材がありましてね。その記者は、以前、研究所に来た時に会ったことがあるんですよ。それで化粧品製造に進出することについて予備知識を入れたいから、ちょっと教えてほしいと言われたんですよ」

「勝手にマスコミと話したら広報に迷惑がかかりますよ」

「ええ、知っています。でも記事にしない、ちょっと教えてほしいということだったので、つい……」

「その時、アスタキサンチンの話が出たんですか」

「そうなんです。つい、その気になってアスタキサンチンなんかを使ってみたいって話したんです」

　磯江が苦笑した。

「大野さん、意外とおしゃべりですね」

「すみません。記者が調子に乗せるんですよ。化粧品、いいですね。さすがは日本写真フイルムさんだ。やるなぁって。それでつい……」

大野は頭を掻《か》いた。

「その記者が、大手化粧品メーカーの失敗を話したんですね」

「その記者、塙って言いましたけど、ああ、それはダメだって。もう失敗してますよって。だいたい赤い化粧品なんて売れるわけがないと、もう一刀両断、バッサリ」

大野は手刀を上から振りおろした。

「大野さんは、新聞を読んでいますか?」

「ええ、一応」

「産日新聞が、わが社の批判記事を書いているのを読みましたか?」

磯江が眉根を寄せた。

「いや、そんな記事、知らないっすよ」

大野は大げさに首を左右に振った。

「『エクセレントカンパニーの落日』っていうタイトルで、わが社には将来性がないって書いたんですよ。大野さんに電話をしてきた記者かもしれませんね。大野さんがしゃべったことがベースになっているかもしれませんよ」

磯江は、さも大野がなにか重大な失敗をしでかしたかのように言った。

「どうしよう。どうしましょう。馬鹿だな、俺。会社に迷惑かけちゃって……」

大野は、大柄な身体を縮めた。

「大丈夫ですよ。そのおかげでそんな重要な情報を得られたんですから」

磯江は微笑《ほほえ》んだ。

「許してもらえるんでしょうかね。この情報、貴重でしょうかねぇ」

大野は、磯江に許しを乞うような顔つきになった。

「その会社が失敗した原因はナノ化が十分ではなかったのでしょうね。その結果として乳化も上手く行かなかった。だから肌に浸透することができなかったのでしょう。でも他社、それも大手化粧品メーカーがアスタキサンチンを利用しようとしたのは、私たちの選択が間違っていないということではないですか。私たちの技術力でアスタキサンチンの問題を克服しましょうよ」

「ナノ化するのが難しいんでしょうね。大手が失敗するくらいですから」

「当然でしょう。もし簡単にナノ化できれば、すでに多くのメーカーが利用しています。まだ利用しているところがないのは技術的に難しいからです。それを克服するのは、私たちです。アスタキサンチンこそ、夜明け前の原料、即ちこれからブレイクする可能性を秘めた原料だってことじゃないですか」

磯江はふたたびテーブルの上に置いた赤い粉末を入れた皿を持ち上げた。

3

悠人は、店の隅のテーブルに席をとった。昼のピーク時を過ぎているせいか、客はまばらだった。

どうしても緊張してしまう。うどんを食べるというより、スパイか何かになったかのようで落ち着かない。

どこにも鎌田の姿は見えない。厨房《ちゅうぼう》にいるのだろうか。

それにしてもフィルムの製造からうどん屋とは、なんとも見事というか、思いがけない転身だ。

悠人はわが身に照らして考えてみた。

サラリーマンは、いつリストラされるかわからない。運よくリストラされなくてもいつかは定年という区切りがやってくる。定年なんて制度があること自体がおかしいと思うことがある。会社に貢献できなくなれば辞めればいいが、貢献できる間は年齢に関係なく働けばいい。そうは思うけれど、古い人がいなくならないと新しい人が入れないのも厳粛《げんしゅく》な事実だ。組織には絶えず新しい血を注入しなければ、活性化しない。

終わりがあるサラリーマン人生は、終わってからどうするか考えておかねばならない。スポーツ選手は若くして引退するから、次の人生をどうするか迷うことがあるという。引退後も運よくそのスポーツに関わっていくことができれば、そんな幸せなことはない。しかしそんな人は稀《まれ》だ。

サラリーマンも、いつでも引退する時のことを考えて準備をしておく必要があるのだろうか。資格を取得したり、なにか技術を身につけたり……。仕事をしながら、そうした専門学校に通っている人も多いだろう。

でも今、関わっている仕事をおろそかにするようなことは、あってはならないのではないだろうか。そんなことをすると、仕事も中途半端、第二の人生の準備も中途半端になるに違いない。

四十歳ともなると、将来について不安になる。ましてや自分が勤務している会社がリストラを実施すれば、なおさらだ。なにか準備していないといけないのではないかと焦る気持ちにもなる。

しかし、一方で焦ってもしかたがないという気持ちもある。やりたくもないことを勉強したり、修業したりしても身にはつかないだろう。それよりは今の仕事を必死でやり遂げることだ。満足した仕事ができれば、自《おの》ずとそこから未来のドアが開くのではないだろうか。だが、うどん屋になろうと決めた鎌田の気持ちを思うと、こんな考え方は甘いのだろうか。

「いらっしゃいませ。なにになさいますか」

「あ、はい。うどんをお願いします」

若い女性店員に声をかけられ、悠人は我に返った。

女性店員が笑っている。

「なにかおかしいですか？」

「うちはうどん屋ですから、普通はうどんに決まっていますけどね。どんな種類のうどんがいいでしょうか？」

「ああ、そうでしたね」と悠人はメニューを見て、「おかめうどんをください」と言った。

かまぼこやシイタケやホウレンソウなどが入っているうどんだ。具でおかめの顔を描いたところからおかめうどんと呼ぶようになったらしい。

「おかめですね。うちのおかめは美味しいですよ」

女性店員は、注文票に記入すると厨房に向かって、「おかめ一丁」と言った。

しばらくするとおかめうどんが運ばれてきた。これは鎌田が作ったのだろうか。

修業中というから、まだうどん作りはさせてもらっていないのだろうか。

汁を一口、啜《すす》ってみる。美味しい。鰹《かつお》と昆布《こんぶ》の出汁《だし》だ。よく効いている。汁は少し濃いめだが、しょっぱくはない。芳醇《ほうじゅん》な旨《うま》みに溢《あふ》れた汁だ。うどんを食べる。これもいい。コシがある。汁がうどんによく絡んでいる。

「美味いなぁ」

悠人は思わずため息を洩らした。

箸《はし》が自然と進んでしまう。

ダメだ。うどんを食べに来たんじゃない。鎌田さんに会いに来たんだぞ。

そう言い聞かせても箸が止まらない。まだ会うきっかけを作ることができないのに、うどんなんかは数分もあれば食べきってしまうではないか。できるだけゆっくりと食べないといけない。

鉢を見た。もううどんが教本残っているだけだ。これを食べ終えて、汁を飲みきってしまえば、勘定を払って店を出なくてはいけない。鎌田に会うきっかけもどうやって口説くかも何も決められない。

悠人は、もうどうにでもなれと、残ったうどんをずずっと啜り、汁を全部きれいに飲みきった。

「すみません」

悠人は、女性店員に声をかけた。

「はい」

明るい声で彼女がやってきた。

「あら、きれいに食べてくださったんですね。おつゆも全部、飲みきってくださってありがとうございます。美味しかったでしょう？」

彼女がにこやかに微笑む。

平凡な顔立ちだが、笑顔が優しくて素敵な女性だ。

「ええ、とても美味しかったです。てんぷらうどんもお願いします」

悠人はメニューを指差した。

「えっ、もう一杯食べるんですか？」

彼女が驚く。

「いけませんか？　とても美味しかったものですから」

「いえ、もう一杯って嬉しいですけど、二杯注文するお客様ってめったにいないものですから。てんぷらうどんですね」

「はい」

彼女は、空いた丼鉢《どんぶりばち》を片付けると、厨房に向かっててんぷらうどん一丁、と声をかけた。

てんぷらうどんが来る間に鎌田を口説く方法を考えることにするが、ストレートに戻ってきてくださいという方法くらいしか思いつかない。

鎌田が、大好きなフィルム作りを辞めて、うどん屋になろうとする決意には並々ならぬものがあるはずだ。

同期の健太だって、フィルムがなくなるとなれば日本写真フイルムを辞めようと考えているくらいだ。フィルムに関係した人たちにとって、フィルムはそれだけ人生をかけることができるものだったということなのだろう。

健太は、化粧品なんか売りたくないと言いきった。あれにはショックを受けた。フィルムに彼ほどこだわりがない悠人にとっては、化粧品という新しい分野への挑戦は胸を熱くさせるところもあるのだが、健太には意外性を飛び越して拒否反応しかない。

ひょっとしたら鎌田も同じかもしれない。

「お待たせしました。てんぷらうどんです」

女性店員がてんぷらうどんを運んできた。

うどんとてんぷらが別々になっている。大振りの海老天《えびてん》が二本、四角い漆器の上に堂々と並んでいる。

「うどんの上にのって出てこないんですね」

「うちの店、この海老天も自慢なんです。ですからパリパリの揚げたてを味わってもらおうと思って、こうやって別々にお出ししているんです」

「こだわりですね」

悠人は、海老天を箸で摘まむと、うどん汁に少し浸してから口に運んだ。

まだ熱い。ざくっとした歯切れのよさ。ほんのりとした油の香りと一緒に海老の甘みがじゅわっと口に広がる。

「美味しいなぁ」

悠人は目を細めた。

彼女が満足そうに微笑んでいる。

「本当に美味しいですね」

「よかった。お客様に誉《ほ》めていただくのが一番の励みになります。ところで失礼ですけど、お客様は同業者かうどん屋さんになろうとされているんですか？　それともグルメの覆面調査員ですか？」

彼女は興味津々《しんしん》な表情になった。

「えっ、僕が、ですか？」

悠人は、啜っていたうどんを吐きだしそうになった。

「だっておかめに続いててんぷらなんて、店の調査に来られたみたいですもの」

「違います。すみません。あまり美味しかったものですから、つい……、頼んじゃって」

悠人は恐縮した。

「いえ、こちらこそ変なことを言ってしまってすみません」

彼女がぴょこりと顔を下げた。

なんだか一瞬、客と店員の垣根が取れた気がした。

「あのう、ちょっとお尋ねしますが、この店に鎌田一郎さんはいらっしゃいますか？」

「鎌田さん？」と彼女は怪訝《けげん》な顔をしたが、すぐに笑顔を取り戻して「ええ、おりますよ。なにか？」

「ちょっとお会いできませんか？　咲村悠人とおっしゃっていただければ、覚えておられると思いますが……」

「咲村悠人さんですね。鎌田さん、今、ちょうど出前に行っているかなぁ」

「出前ですか……」

その時、入口から白い調理人の服を着た男が入ってきた。右手に岡持を下げている。

彼女が入口を振り向く。

「あら、ちょうどよかった。鎌田さん、お客様ですよ」

男が振り向いた。

「えっ、咲村、咲村じゃないか」

悠人は椅子を蹴《け》って立ちあがり、頭を下げた。

4

「戸越君、説明してくれたまえ」

大森の太い声に促されて、用意したペーパーに目を落とした。

円形にテーブルが配置され、正面には社長であり議長の大森が座っている。その周りには社外取締役を含めて、ずらりと専務取締役や常務取締役など取締役が席についている。取締役は十二名。全員が揃《そろ》っている。各自の前にはモニターが設置されており、戸越が用意した資料が映しだされている。

戸越は取締役会に臨んでいた。取締役会は、会社の重要な方針を決める最高レベルの会議だ。そこで決められた方針に従って、戸越たち執行役員が業務を遂行する。

先日、戸越は、大森に社長室に呼ばれた。そこで取締役会で正式に化粧品事業に乗り出すことを議案として提出するようにと指示されたのだ。

「マーケティングなども一体になってやらないといけないだろう。小さく産んで大きく育てるより、大きく、インパクト強くやったほうがいいからな」

大森は、強い口調で言った。

「まだなにを作るかも、予算も、陣容も見積もることができませんが……」

戸越は、その強い視線にたじろぎながら答えた。

「わかっている。取締役会は大きな方針を決める会議だ。化粧品事業という新規事業に進出するという決定をしておきたいんだ。早めに手を打っておかねば、横やりが入らないとも限らないからな。それが組織というものだ。それとは関係なく君は、とにかく消費者にとっていいもの、そして日本写真フイルムが変化しつつあるというメッセージを発信できるようなインパクトがあるものを作れ」

「わかりました。それでは構想だけでも提案させていただきます。私も社内でオーソライズしていただければ、安心です」

戸越は、化粧品の国際展示会で見た大森に似た男の後ろ姿が気になっていた。

あれは社長ではなかったのですか、と尋ねたくてしかたがない。

しかし、尋ねるのは野暮《やぼ》だ。大森が、せっかくお忍びで行ったものを、見ていましたよとしたり顔で言うのはどうかと思う。

「我が社の経営改革には君の言う通りB to Cの製品、消費者に直接届ける製品が必要だと思う。しっかりした消費者向け製品を持つことは、経営に絶えず刺激を与えることになるに違いない」

大森は化粧品事業に「ＶＩＳＩＯＮ75」の経営改革を強力に進めるためのエンジンの役割を期待しているのだ。

いずれにしても大森の強力なサポートがあるということは嬉しいことだし、戸越にとっては感激もひとしおだった。

「化粧品を製造する技術は、私たちが長年培《つちか》ってきたフィルム製造の技術ときわめて親和性が高いのであります」

戸越は、フィルム製造の技術であるコラーゲン技術やナノ技術などを図解入りで丁寧に説明した。

誰もが静かに聞いている。

ちらりと一人の取締役を見た。

彼は、案件の事前説明の際に、化粧品事業への進出は、あまり気が進まない、反対だと言ったのだ。彼は、熱血漢で思ったことをずけずけと発言する。しかし、会社のことを思う気持ちは人一倍で、その意見には傾聴すべき点も多い。

取締役会でも反対すると彼は言った。正直なところやっかいだなと思ったが、戸越にとって反論は望むところだ。多くの意見に晒《さら》されることでより案件が進化するからだ。

彼は、じっとモニターを見つめている。

「化粧品マーケットは約二兆円もあり、少子高齢化時代となっても、さまざまな機能性化粧品を開発することで成長が期待できます。また海外への展開も十分に見込める事業であります。フィルム事業から化粧品事業への転換は、あまりにも意外だと思われがちですが、それは決して意外でもなんでもなく、必然的なものでありま す。必ずや我が社は化粧品マーケットにおいてリーディングカンパニーとなり、人々のライフスタイルの充実に貢献し得るものと考えます。以上でご説明を終わり ます」

戸越は、説明を終え、小さくため息を洩らした。

大森と目が合った。大森が頷《うなず》いた。それを合図かのように戸越は、席に腰を下ろした。

質問や意見を待った。

沈黙の時間が流れた。反対の意向を示していた取締役も何も言わない。

「質問、意見はないですか」

大森が促す。

戸越は、何か発言が出ればいいのにと苛立《いらだ》つ気持ちを抑えられない。このまま何も発言が出ずに終わり、承認だけされれば、普通なら上手《うま》く行ったと考えるだろう。

しかし、戸越にとってはそれは気の重いことだった。戸越には持論があった。それは明確な反対や賛成は一割もない。その他は様子見なのだというものだ。

その様子見というのが一番問題だ。新しい事業が成功すれば、賛成側に回り、自分が賛成したからだと言い、失敗すれば反対側に回り、それ見たことかと言うからだ。

そんな洞ヶ峠《ほらがとうげ》みたいな姿勢は許さないという思いで、戸越は取締役たちを睨《にら》むように見つめた。

「普段は活発なご意見が出ますが、今日は不思議ですなぁ。化粧品と聞いて、少々、驚かれていますかな」

大森が、無理やり笑みを作る。場を和《なご》ませようとしているのだ。

一人の取締役が発言を求めた。事前説明で反対を表明していた者だ。戸越は緊張して身構えた。

「企業相手の製品、BtoB製品は、計画を立てることができ、年度の生産計画は余程のことがない限り狂うということはない。安全と言えば安全だ。しかし消費者向けの製品は、ある時、大ヒットしたかと思うと、急にゼロということもあり得る。

それは消費者向けのフィルムを作ってきた我々だから骨身に沁《し》みてわかっている。消費者は浮気者であり、なにを求めているかは本当のところを摑《つか》みにくい。ましてや化粧品業界は、大小取り混ぜて非常に多くの企業が存在しているが、いったい我が社に勝算はあるのか」

彼は強い口調で言った。

彼の主張は、消費者相手の製品は、言わば水もの、当たるも八卦《はっけ》、当たらぬも八卦ということだ。

彼なりに強い気持ちで反対しようと思って、この場にいる。洞ヶ峠を決めこむ取締役よりは、ずっといい。敵ながらあっぱれだ。こうでなければ日本写真フイルムではない。戸越は興奮を覚えてきた。

「どうかね、戸越君」

大森の目がぎろりと戸越を睨む。

「勝算がなければ進出しようなどと考えません。孫子は、算多きは勝ち、算少なきは勝たずと言っていますが、我が社は技術力で他社を圧倒しております。この技術力で長年にわたって信頼性の高いフィルムを提供して参りました。この信頼という基盤は、何ものにも代え難い財産です。化粧品もフィルム同様に消費者の信頼を勝ち得ることができます」

「実に曖昧《あいまい》な答えだが、いったいどれくらいの売り上げ規模を考えているのか」

取締役は苦虫を嚙《か》み潰《つぶ》したような表情だ。

「初年度は十億円単位程度を考えておりますが、数年後には百億円単位になると予想しております」

「なにを作るかも決まっていなくて、その数字の根拠はなんなのだ。そんな夢みたいな数字を挙げるなんて不愉快だね」

取締役は顔をしかめた。

他の取締役はなにも言わない。彼と戸越の論争を聞き、その帰趨《きすう》を見極めようとしているかのようだ。

「確かにまったく未知の分野でありますが、私どもは他社とは違う際立った製品を作りだす自信がございます。基礎化粧品の分野は、約一兆円の市場があると言われています。その市場に新製品をぶつけることで十億円単位の売り上げは狙いたいと考えています」

「投入する新製品は、いつまでに作りあげるのだ」

「九月には新製品を発表したいと思います」

戸越は、取締役ではなく大森に向かって言った。

「それはいいタイミングだ。九月には、日本写真フイルムから写真の名を取り、ホールディング制に組織変更を行う計画だが、そのタイミングで化粧品の発表はグッドだ」

大森が目を輝かせた。

まるで化粧品分野への進出が決まったかのような大森の言い方に、反対意見の取締役の表情が一層、険しくなった。

「もし消費者がまったく受け入れなかったら、撤退するのか？」

「我が社の技術力をもってすれば今までにない機能性の高い化粧品を作ることが可能です。それを作りあげる自信があります。消費者が受け入れないなどとは考えていません」

戸越はむきになって反論した。

「それは勝てるだろうと勝手に思いこんで戦争に突入した日本軍みたいなものじゃないのかね。我が社は、流行や好みに左右される消費者相手より、企業向けの製品、すなわちB toB企業になっていくべきじゃないかと思う。それが安全な経営というものだ」

取締役もむきになったようだ。

「取締役、お言葉を返すようで申し訳ありませんが、それでは我が社の発展はないと思います」

戸越は、ぐっと身体を乗りだすようにして言った。

「なんだと、失礼だぞ」

取締役はこめかみの血管を浮き立たせた。

「新規事業を考える場合、『やれそう、やるべき、やりたい』という三つの基本条件を満たすべきだと思います。我が社であろうと他社であろうと、その技術を検証して、やれそうな事業を手掛けると思います。しかしそれだけではいけません。やるべきか、を検討します。市場性、収益性、将来性などです。それらは取締役がおっしゃる通り不確定な要素に満ちています。なにせ誰も手をつけなかったからこそ、新規事業なのですから、それらを正確に見通せるはずがありません」

戸越が取締役を睨みつけると、彼は目を逸《そ》らし、小鼻を膨らませて、拒否の姿勢を示した。

戸越は続けた。

「そこで最も重要なのが、やりたいという強い意志です。これは私たち技術者の情熱です。上から言われることじゃない。その情熱を突きつめて考えると、使命感に通じます。化粧品は、やがて医薬品にも繋《つな》がっていきます。基本的に同じだからです。肌の老化を防いだり、衰えを抑えたりするのは、病気の予防であり、病気への防御です。そう考えますと、これからの高齢化社会を見据え、我が社が持っている技術、原料などを駆使して人々の幸せに貢献したい、そんな事業をやりたいという強い思いを抱くのです。これはフィルム事業の進化です」

戸越が強く言いきった。

パチパチと拍手が聞こえた。驚いて、その方向を見ると、社外取締役が拍手をしている。

「ありがとうございます」

戸越は頭を下げた。

「企業は、リスクを取るために毎年収益を上げていると言えるでしょうな。我が社は、大きなリストラをし、約千七百億円ほどのリストラ費用を計上しますが、それを上回る約二千数百億円の新規投資も行います。このリスクを取る精神が我が社をここまで発展させてきました。社長がおっしゃる第二の創業は、なにもないところからフィルムを作りだした我が社の第一の創業に匹敵するものなんでしょう？　技術者の戸越さんがやりたいと情熱を傾けておられるのですから、これを支えるくらいの投資は可能でしょう？」

彼は大森に微笑みを投げかけた。

「しかしフィルム会社がなにも化粧品をやらなくても……。あまりにも飛躍し過ぎではありませんか」

反対意見の取締役が社外取締役に苦しげに反論した。戸越相手のように頭ごなしに言うわけにはいかない。

「飛躍は我が社のDNAじゃないですか？　コダックを凌《しの》ぐ高感度フィルム、レンズ付きフィルムの『写《しゃ》ッターチャンス』……」

社外取締役がにんまりとした。

「そうですな。あの『写ッターチャンス』が一九八六年に発売された時、これほどの大ベスセラーになると、誰が想像したでしょうか。写真を身近にしたいという技術者の情熱が作りあげた製品ですが、デジカメ全盛の現在も年間千二百万本以上の販売実績を誇っています。

戸越君が、孫子の兵法を引用したが、孫子はこんなことも言っている。善く戦う者は、これを勢《せい》に求めて、人に責《もと》めず、とな。一人一人の働きより、勢いに乗ることが勝利の秘訣だというんだ。我が社の場合は、勢にも求めるし、人にも責めようじゃないか。改革の勢いに乗じて、優秀なスタッフの力を信じて新しい分野に踏み出しましょう。言われるまでもなく我が社の歴史は飛躍の連続ですから。

さて意見も出尽くしたようですから、我が社は経営改革を大胆に進め、化粧品事業にもその一環として進出します。予算や人員などは経営会議で都度、決めていきましょう。皆様、よろしいですな」

大森は反対意見を述べた取締役を見た。

「了解です」

彼は、はっきりとした声で答えた。

他の取締役たちも次々と賛成を表明した。

「戸越君、いろいろな意見はある。しかし、期待している。消費者が喜ぶものを作ってくれたまえよ。可能な限りバックアップさせてもらう」

大森が力強く言い、一回、大きく頷いた。

「ありがとうございます。頑張らせていただきます」

戸越は頭を下げた。

取締役会が終わった。取締役たちが退場するのを戸越は見送っていた。

「やれそう、やるべき、やりたい。いい言葉だね。僕も使わせてもらうよ。それにしても取締役会でまともな議論をするなんて、よい会社じゃないか」

社外取締役が戸越を慰労するように肩を軽く叩いて出ていった。

「ありがとうございます」

戸越は、頭を下げた。

「おい、戸越君」

反対意見を述べた取締役が声をかけてきた。

「はい」

戸越は、彼のところに近づいた。

「相変わらず生意気だな」

彼の顔が笑っている。

「申し訳ありません」

戸越は言った。

「取締役会で決まったことは、私はグズグズ言わない。しかし、今日、意見を言わなかった連中は、少なからず懸念をしていることを忘れるなよ」

急に厳しい表情に変わった。

「分かっています」

「今度はフィルムと違って、人が肌につけたり、医薬品やドリンクなら飲んだりするものだ。なにかがあったらすみませんではすまない。それにもしも、もしも、だ。化粧品が評判を呼ばなかったら、売れなかったら、我が社の恥になるんだ。余計なチャレンジをしやがってと言われるのが落ちだ。それもわかっているのか」

取締役は、戸越を見つめた。まるで覚悟を再確認するかのようだ。

「わかっています」

戸越は彼を強く見つめ返した。

ふうと彼は、息を吐いた。

「やるしかないな。私も協力する。戸越流に言えば、売りたいと情熱を燃やしたくなるようなものを作ってくれよ」

彼は、拳を握りしめ、戸越の胸を軽く叩いた。

「はい」

戸越は深く頭を下げた。

5

悠人の前には鎌田が腕を組み、座っている。てんぷらうどんは食べ終わった。今度も汁を全部飲んでしまった。

「おかめとてんぷらを食べてくれたんだってな」

鎌田が言った。

「ええ、鎌田さんにどうやって会おうと考えていたら、つい」

悠人は苦笑した。

「で、味はどうだった?」

「いやあ、美味しいですよ。素晴らしいですよ。この通りです」

空っぽの丼を見せた。

「美味いだろう。俺はまだ作らせてもらえないがな」

「鎌田さんはまだ作らせてもらえないんですか？」

「ああ、うどんを捏《こ》ねたり、切ったりはしているけど、てんぷらとか出汁は難しいね。ここは女房の親父《おやじ》さんの店だよ。今は、修業中ってとこだ。いずれ適当な場所を見つけて開業したいと思っているんだ」

鎌田は、遠くを見るような目つきをした。

「うどん屋をやるっていうのは昔からの計画ですか？」

悠人は聞いた。

「いや、フィルムはそろそろ終わりだなと思ったころ、決めたんだよ。リストラ計画があるって聞いてね。それで決めたんだ」

「奥さんは？」

「女房も賛成だよ。あいつもここに来て、お運びとか店の運営について勉強をしているんだぜ。今日は来ていないけどな」

「充実しているみたいですね」

「まあね。ところでこんなところになにしに来たの？　まさか俺のうどんを食べに来たわけじゃあるまい？」

鎌田が首を傾《かし》げた。

悠人は、居住まいを正し、鎌田の目を見つめた。

「なんだい、咲村、いやに真剣じゃないか」

鎌田が照れくさそうにした。

「お迎えに参りました」

悠人はテーブルに両手をつくと、深く頭を下げた。

「おいおい、いきなりどうしたっていうんだい？　驚くじゃないか。訳を説明してくれ」

鎌田が手を差し伸べて悠人の頭を起こした。

「磯江さんから鎌田さんを呼んでこいと言われまして参りました」

「磯江さんの命令か。この間、ここに来たよ。今度、戸越さんと新しいプロジェクトを始めるから、一緒にやってくれとね。でも断った。せっかくうどん屋になる気になっているのに今さら会社員をやる気はないってね」

鎌田の顔にふと寂しそうな笑みが浮かんだ。

「伺っています。それを承知で参りました」

悠人の言葉に鎌田は首を傾げた。

「どうしてそこまで……」

「化粧品をやることはご存じでしょうか？」

「ああ、聞いているよ」

「それには鎌田さんの技術が絶対に必要になるんです。なくてはよい化粧品が作れないんです」

「昔、乳化学会というのがあって行くと、そこにいるのはフィルムを作っている俺と、食品、化粧品、塗料のメーカー、そんなもんだった。ああ、俺の技術って、こんなものに応用できるのかと思ったものさ。でもね、その程度のものだってことさ。マヨネーズを作るくらいさ」

「そんなことはありません。私は、残念ながら、鎌田さんと社宅で親しくさせていただいておきながら、そんな素晴らしい技術をお持ちだなんてまったく知らなくてすみませんでした。とにかく帰ってきて、私たちと一緒に仕事をしてください」

「咲村、俺の技術なんて裏方もいいところさ。過大評価するなよ。まったく評価なんかされなかったさ。だからリストラをきっかけに辞めることにしたんだ。フィルムに陰りが出始めてからも、やっぱり技術を生かしたいじゃないか。だから半導体をフィルムで作ろうとアイデアを出したり、インクジェットに応用したりと生きる場所を探して歩いたんだ。でもどれも俺をあまり燃えさせてくれなかった。俺も年取ったのだろうな」

「はい、お茶」

　女性店員が茶を運んできた。

「ありがとう」

　鎌田が微笑んだ。

「会社の人ですか？」

「ああ、彼は、咲村君。社宅が一緒だったんだよ。優秀な技術者さ。彼女はマコちゃん。正式には真琴《まこと》、真実の琴さ」

「マコちゃんですか？　優秀でもなんでもないですから、恥ずかしいな」

　悠人は頭を掻いた。

「うどん、お好きなんですね。驚きました」

「すみません」

「いえ、嬉しいですよ。いっぱい食べてくださって。お邪魔しました」

　真琴は去っていった。

「いい子ですね」

「ああ、優しい子だよ。新しく店を開いたら、俺のところで働いてもらおうと思っているんだ」

「もう、そこまで具体的になっているんですか」

悠人は、鎌田を呼び戻すのは難しいかもしれないと思った。彼の周りではすでに事態が流れるように進んでいる。この流れを変えることはできるだろうか。

「ビールでも出そうか？」

「ええっ、いいんですか？」

「せっかく店に来てくれたんだ。ちょっと飲んで行けよ。俺も付き合うからさ」

「でも、鎌田さん、仕事が……」

悠人は驚いて聞いた。

「親父さんに断るから、大丈夫だよ」

鎌田は早速、着ていた調理人の白い上着を脱ぎ始めた。

6

フラスコの中で赤黒い塊が透明な水の上に浮いている。

「やっぱりダメだな」

大野がため息をついた。

「上手く行かないのですか」

磯江が眉根を寄せた。

「まあ、ちょっと見てください」

大野がフラスコを回転盤の上に載せた。勢いよくフラスコが回る。水面上に浮いている赤黒い塊も一緒にくるくると回り、小石のように丸くなっている。アスタキサンチンを含むヘマトコッカス藻から抽出した油だ。回転のせいでしっかりと凝《ぎょう》集《しゅう》しており、粉末で見た時のきれいな赤ではなく、暗い赤だ。

アスタキサンチンを化粧品に利用したらどうかと言いだしたのは、磯江だ。その自然界最高と言われる抗酸化力に注目したのだが、他社が利用しない理由は、水溶性の低さにも如実に現れている。

「これこそ、まさに水と油ですよ。絶対に混ざろうとしませんね。このアスタキサンチンには他社も音《ね》を上げているんでしょうね」

くるくると回る赤黒い塊は氷上のフィギュアスケーターのようだ。透明な水の上を滑らかに回転している。

アスタキサンチンやビタミンE、コエンザイムQ10など化粧品に使用される原料の多くは油溶性物質、すなわち油には溶けるが水には溶けない。

これらは大変有効性の高い物質で、油に溶ける性質を利用してクリームに配合したり、油と一緒にカプセル化して飲んだりして利用されるのが一般的だ。

しかしそれでは化粧水に配合できないし、ましてや化粧品として皮膚細胞に浸透していかない。

だからどうしても水に溶かして、水性溶液として利用することが求められるのだ。

「もっとナノ化できないのかなぁ？」

「これ以上ナノ化すると、安定性を欠くことになりますが……」

ナノ化とは十億分の一の世界にまで原料を細かくすることだが、ナノ化すれば水の分子の間に入りこむことも可能になり、水に溶ける可能性が出てくる。

しかしナノ化するほど表面積が大きくなり、安定しなくなる。

どういうことかと言えば、アスタキサンチンは抗酸化力が強い。それは自身が酸化物質と戦うということだと言ってもいいだろう。ナノ化して表面積が大きくなれば、それだけ酸化物質との戦場が拡大して、その結果、アスタキサンチンが酸化物質の攻撃を受け酸化してしまうということになる。すなわち抗酸化力が低下してしまう。

また小さくなればなるほど、他と結合して大きくなろうとする力が働く。その結果、いつまでもナノの世界にとどまってくれなくなり、元に戻ってしまう。すなわち水と油になって分離してしまうということだ。

「そう言わずにやってみてくださいよ」

磯江の言葉に大野が表情を歪《ゆが》めた。

「どうしました？」

「やってみますが、なかなかですね。やっぱり鎌田さんの力が必要です」

情けないのか声が小さくなった。

「コラーゲンのことなら大野に聞けだが、ナノ化や乳化はやっぱり鎌田さんか……」

「まあ、そうは言ってもトライしてみます。やるっきゃないってことですよね」

「アスタキサンチンの優れた抗酸化力を目いっぱい活用するには、きわめて安定性が高くて、優れた浸透性を持たせなくてはなりません。頑張ろうじゃないですか」

「ところで咲村は鎌田さんを口説けるんですかね」

大野は不安げな表情をした。

「彼はおっとりタイプですが、欲得のない人間です。中堅社員になっても新入社員のころのような純粋さも持っている。彼の気持ちに鎌田さんが動かされればいいんですが……」

「果報は寝て待てと行きますか？」

大野が初めてにっこりと微笑んだ。

「こんにちは」

「あれ、だれかと思えば広報の林葉さんじゃないの」

大野が言った。

研究室とも言えない間借りのスペースにひょいと顔を出したのは、広報の林葉珠希だ。

「美人広報の、でしょう？」

珠希は、人差し指で頬を指し、小首を傾げて微笑んだ。

「悪い悪い。その枕言葉を忘れていたよ」

「忘れたらいかんぜよ」

珠希が大きな目を見開いた。

「林葉さんの目は、本当に『君のひとみは10000ボルト』ですね」

磯江が口を出した。

「そんなに魅力的なんやろか。どないしまひょ」

珠希がおどけた。

「なに漫才をやっているのよ。広報が暇だと思われるでしょう」

珠希を叱ったのは広報課長の吉見薫子だ。

「あれ、課長も一緒ですか？　わざわざこんなむさくるしいところへ、ようこそいらっしゃいました」

大野が壁に立てかけてあった予備のパイプ椅子を準備した。

「ああ、いいですよ。立ったままで」

薫子は大野を制止した。

「咲村から聞きましたが、広報も私たちのプロジェクトに全面的に協力していただけるとか。ありがたいことです」

磯江が言った。

「ええ、あの咲村さんのやる気に動かされました。最初は、ちょっとと首を傾げたのですが、よくよく伺ってみると、我が社でやるべきだなと思いましたので」

「課長は最初は反対だったんですよ。私は最初から面白いかなって」

「珠ちゃん、また余計なことを言って、ダメよ」

「すみません」

薫子から叱責《しっせき》されて、珠希がぺろりと舌を出した。

「今日は、情熱家の咲村さんはいないんですか?」

薫子が聞いた。

「へぇ、彼も情熱家に昇格しましたか。今日はちょっと野暮用でしてね」

「残念ですね。いい人を連れてきたんですよ」

薫子は微笑んだ。

「いい人？　はてだれでしょうか？」

　磯江が首を傾げた。

「化石ですよ。磨けば玉になる化石の人材。ここに来るように言ってあります」

「初耳ですね」

「ええ、初めて紹介しますから。我が社って面白い会社ですね。戸越さんが面白いことを始めたぞって話が流れたら、みなさん方と一緒に働きたいって言う人が自然と現れるんですから。しかも女性ですよ」

「女性ですか？」

　磯江と大野が同時に言った。

「なにも驚くことはないじゃないですか。だって化粧品ですよ。女性が関係しないでいいものができるわけがないでしょう」

　珠希が話に割って入った。

「珠ちゃん、ちょっと黙っていてね。私が話をしているんだから」

　薫子が注意する。

「すみません」

　珠希が首をすくめる。

「実は、私が親しくしている女性研究者が産休・育休明けで出社してきたんです。

それで彼女から化粧品のプロジェクトに参加したいって相談を受けたんですよ。彼女、どこかで戸越さんらのプロジェクトの話を聞いていて、復職するなら、ここだって思ったそうです。それで口を利いてほしいって頼まれたんです」

　薫子は平然と言う。

「でも戸越さんや人事がなんて言うか……」

　磯江が困惑した表情で薫子を見つめた。

「それなら心配なさらないでください。人事にも話しましたら、いいんじゃないのかなってことでした。彼女はとても優秀ですから戦力になりますよ」

「人事にも話したのですか？」

　磯江は薫子の手回しのよさに驚いた。

「勿論《もちろん》、正式な手続きはまだですが、我が社は本人の希望を優先してくれますからね」

　薫子は自信たっぷりだ。

「でも戸越さんがなんて言うでしょうかね」

　磯江はあくまで慎重だ。

「戸越さんには私から直接お願いしますから」

「課長、それは心配ないみたいですよ。ほら」

珠希が指差す方向に目を向けると、戸越がすらりとした長身の女性とにこやかに談笑しながら歩いてくるのが見えた。

薫子が磯江らに紹介しようと思っていた女性だった。

「そうね。心配ないわね」

7

テーブルの上にはビール瓶や日本酒の銚子が何本か並んでいる。つまみは、板わさ、焼き味噌、卵焼き、海苔《のり》、漬け物だ。

「俺はなにも知らないで、突然、乳化をやれって言われたんだ。乳化、わかるか?」

鎌田は少し酔ってきたようだ。昔話になってきた。ここは根性を決めて、話を聞かなければならない。

「ええ、水と油を混ぜるってことですよね」

悠人は恐る恐る言った。空になった鎌田の盃《さかずき》に酒を注《つ》いだ。

「まあ、単純に言えばな。牛乳は水に脂肪が溶けているから、あのように白いんだ。もし混ざってなければ水と脂肪に分離するんだ。白いっていうのは、脂肪の分子が光の波長より大きいから濁って白いんだな。もし分子がもっと小さければ、透明になってしまう」

「面白いですね」

「そうだよ。訳もわからず乳化の担当になった。あのころはカラーフィルムの勃興《ぼっこう》期でな。なんとか効率よく乳化しなければって、日夜、頑張ったんだ。会社は新しい乳化機を買ってくれたんだが、それが効率が悪くてさ。俺は、乳化をやっている食品業界なんかを訪ねてさ。いろいろな機械を見せてもらって、それで自分で直したり、作ったり……」

　鎌田は盃を空けた。

　悠人はまたそれに酒を注いだ。

「お前も飲めよ。俺ばっかり飲んでいるじゃないか」

「はい、頂きます」

　悠人が盃を差し出すと、鎌田が酒を注いでくれた。

　このまま機嫌よくなって、じゃあもう一度会社に戻ると宣言してくれたらいいのだが……。

「ゼラチンの中にハロゲン化銀や色素カプラーなどをそれぞれの役割がきちんと働くように混ぜるんだ。そしてそれをフィルム基板にさっと塗る。一回塗るだけで二十数層になって、それぞれが光に反応して、美しい写真になるんだ」

うっとりと目を細めていた鎌田が突然、「うどん、捏ねたことはあるか?」と聞いた。

「いえ、ありません」

「うどんも難しい。奥深い。小麦粉と水と塩だけだが、捏ねる人で味が違うんだ。フィルムと同じだと思わないか。材料は同じでも作る人で性質が違う。魂がこもった捏ね方をしたうどんは美味くて飽きがこない。俺は、フィルムからうどんに乗り換えたんだ。魂のこもったうどんを作りたい」

鎌田は、また盃を空にした。ピッチが速い。

「そこをなんとかもう一度、戻ってきてください」

悠人は深く頭を下げた。

「嫌だね。もう宮仕えはこりごりだよ。俺が必死で乳化をやったのに、会社は、やれデジカメだ、半導体だ、と勝手に命令する。俺はその都度、期待に応えようとしてきた。それはいつか乳化の技術を正当に評価してくれると思ったからだ。だけど、今度はリストラじゃないか。もうこんな会社に未練はないと思ったね。俺の定年前にフィルムが消えるなんて……。それだけは勘弁してくれって思っていたんだがな」

鎌田の目がうるんだ。

「戸越さんたちは鎌田さんの技術を正当に評価しています。それは信じてください」

悠人は必死に言った。

「俺の乳化の技術がそんなに必要なのか？」

鎌田が、酔いのために赤く染まった目を見開いた。

「フィルムはこれからなくなっていきます。我が社は、それに代わるなにかを作りださねば路頭に迷ってしまいます」

「フィルムに代わるのが化粧品だって言うのか？」

「そうです。戸越さんはその発展形で医薬品も考えておられます。我が社が扱っている色素というのは薬ですから、私もこの方向は間違いないと思います」

悠人は力を込めた。

鎌田はわざと無関心な素振りを見せている。

「日本写真フイルムが化粧品を作ったって、誰も買いやしないぞ。フィルム屋が化粧品かって、馬鹿にした目で見られるだけだ」

「そんなことはありません。我が社の技術力をアピールすれば、消費者の信頼を勝ち得ます。私、役に立ちたいんです。正直言うとなんだっていいんです」

悠人は興奮して目に涙が滲《にじ》んできた。

「咲村はどうしてこれに参加しようと思ったんだ？」

鎌田が真面目な顔になった。

「私ですか……」

悠人は、手酌で盃に酒を注ぎ、くいっと飲んだ。

「私は、鎌田さんのように成功体験というか、めらめら燃えたっていう体験がないんですよ。フィルムに関わることもありませんでしたから。だからいつも傍観者というか、醒《さ》めた感じでいました」

「まあ、お前らはバブルで浮かれて入社したら、バブルが弾《はじ》けた、アホな世代だからな」

「ひどい言い方ですね。でも、あまり会社に貢献していないことは事実です。それで今こそ、貢献すべきだと思ったんですよ。我が社の危機だからこそ、僕が頑張らねばならないってね」

「単純だな。家貧しくて孝子顕《あら》わる、か」

鎌田は薄く笑った。

「違いますよ。それを言うなら家貧しくして孝子顕わる、です」

悠人が苦笑しながら鎌田の顔を見ると、鎌田も悠人の顔をじっと見つめて「お前が親孝行の息子かぁ。先が思いやられるな」と呟《つぶや》いた。

「なにか貢献できるのか？　お前の技術で」

「今、貢献しています」

「今？」

「はい、鎌田さんを連れ戻すことです」

悠人の言い方に、鎌田は笑いだした。

「こんな年寄りに頼るようじゃダメだろう？」

「違うんです。この化粧品プロジェクトは化石プロジェクトといって、もう化石同然の人材を復活させようと、戸越さんがおっしゃって……」

「化石かぁ。俺みたいな奴のことを化石と言うんだろうな。でも咲村は、まだ若い。化石じゃないだろう」

「ええ、路傍の石と言われています。化石よりひどいですね」

悠人が言った。

また鎌田が笑った。

気持ちがほぐれてきているようだ。もう一息だ。

急に鎌田の表情が硬くなった。

「さあ、これでお開きだ。もう帰れ」

「一緒に帰ってください」

「俺は帰らない。武士に二言なしだ。俺程度の乳化の技術者はいっぱいいる。そいつらに頼めばいい。俺はもう好きに会社に使われるのは嫌だ。うどん屋になる」

鎌田が立ちあがった。そして「マコちゃん、ここを片付けてくれ」と言った。

入口付近に立っていた真琴が「はい」と明るく返事をした。

「待ってください。まだ話は終わっていません」

「終わったんだよ。俺はうどん屋、お前は化粧品屋、それでいいんだ。もう日本写真フイルムのことは忘れたんだ」

鎌田は悠人の目を見ないで、席を立とうとした。白い上着に袖を通した。

「その言い方はないでしょう」

悠人は興奮して立ちあがった。怒りがこみあげてきた。店の中だが、幸いにも客はいない。

「怒ったのか?」

鎌田が悠人の顔を見て、薄く笑った。

「怒りますよ。今、我が社は鎌田さんを必要としているんです。必要とされているところに身を置くべきでしょう。それが今まで鎌田さんを育ててくれた日本写真フイルムへの恩返しってもんじゃないですか。そんなに簡単に忘れられるほどの技術者人生だったのですか」

　声が自然と大きくなった。

　真琴が心配そうに見つめている。

「なあ、お前にはわからない。会社っていうのはリストラという言葉を使って、社員を使い捨てにするもんなんだ。それが嫌なんだ。もう何度も使い捨ての憂き目に遭ってきた、俺のような正真正銘の化石野郎にはな」

　鎌田は悠人を睨みつけた。興奮しているのか声が大きく、高くなっている。

「お言葉を返すようで先輩には申し訳ないですが、会社は、僕たちを使い捨てにするものじゃないですか。なにを期待しているんですか。どんなに偉くなったとしても、辞めるってことは使い捨てでしょう？　大森社長だって、日本写真フイルムの社長としてふさわしくなくなれば捨てられるんです」

　どこかから大森の大きな目が睨んでいるような気がした。構うものか。会社と社員という関係は本質的にドライなものだ。

「咲村……」

　鎌田は悠人の剣幕に言葉を失っている。

「私は使い捨てにされても一向に構いません。でも会社という大きな組織を使って自分のやりたいことを実現する。そりゃ上手く行かないこと、邪魔、制約なんでもありです。でも最後に、もうお前は要らないよ、と言われるその日まで、私は自己実現のために会社を利用したいですね。それでいいと思うんです。必死になってやることをやった、そんな爽快《そうかい》な達成感を味わえれば、私は使い捨てにされても構いません」

「自己実現か……。若い時、俺も同じことを思ったがな」

鎌田が肩を落とした。

「私は羨《うらや》ましいです、鎌田さんが」

悠人は鎌田を見つめた。

「俺が羨ましい？　なぜ？」

「だってこうして必要とされているじゃないですか。そんなことって普通の人はあり得ません」

悠人は強く言った。

「羨ましいか？」

「でも臆病だと思います」

「臆病だと？」

「怖いのではないですか。鎌田さんは、技術者人生の全てを乳化にかけてこられました。だけどこうして会社を離れる気持ちになった途端、もはや自分の技術が通用しないのではないか、成果が出ないうちに使い捨てになるんじゃないかと恐れている。そうじゃないですか」

悠人は賭《か》けに出た。この言葉は鎌田を怒らせるかもしれない。だが、この生意気野郎と思わせることができれば、俺のすごさを見せてやる、一緒に行こうということになるかもしれない。

悠人は、腹に力を入れ、足を踏ん張り、鎌田を見つめた。

鎌田の顔が、みるみる赤くなった。

「俺が、臆病だと……。本気で言っているのか」

鎌田が奥歯を嚙みしめるギシギシという音が聞こえてくる。

「ええ、本気です」

悠人は平然と言った。

「この野郎、帰れ、帰りやがれ！　二度とその面《つら》を見せるな」

鎌田は、悠人の襟首を摑んだ。腕に力を込めた。白い上着の袖から突き出た太い腕に血管が浮き出ている。鎌田の怒りの血が沸騰しているようだ。

鎌田は、悠人を店の入口に向かって引っ張っていく。悠人はされるままになっていた。

磯江から鎌田を口説いてこいと言われたが、完全に裏目に出た。

ミッション、失敗。

僕は、やっぱり役に立たない。情けなくて、情けなくて、泣きたくなった。

入口に、真琴が怯《おび》えたような顔で立っているのが目に入った。

「うどん、美味しかったよ」

悠人は、鎌田に引きずられながら真琴に呟いた。

第五章　イノベーション

1

高木舞子《たかぎまいこ》がライフサイエンス研究所に参加して、なにやら潤いというものが感じられるようになった。やはり女性がいるというのは雰囲気を変えるものだ。

舞子は、吉見薫子課長が、戸越に紹介した女性研究者だ。育休明けで、化粧品開発の話を聞き、自分から志願して、薫子に相談してきた。子育てと仕事を両立させている薫子を尊敬していたからだ。

舞子は、大学院で有機化合物の研究者だった。日本写真フイルムに入社してからは、写真の印画紙などの酸化防止を研究していた。

色白で透明感のある美人だが、黒い緑の眼鏡をかけていて、外見から受ける印象は勉強がよくできる女子大生のようだ。

しかし、仕事に関しては辛辣《しんらつ》で、妥協を許さない。

「舞ちゃん、眼鏡を取ると、もっと美人になるんじゃないの？」

大野がからかい気味に言った。

「大野さん、今は眼鏡美人って言うんですよ。ちょっと抑え気味にするところが余計に美を輝かせるんですって。余計なことを考えていないで、集中、集中」

「言われてますね」

磯江がにやにやしながら近づいてきた。

「磯江さん、ちょっと大野さんに注意してくださいよ」

「まあ、まあ、なかなかアスタキサンチンが安定しないから苦労しているんですよ」

大野は、アスタキサンチンをナノ化しても安定化するように努力を続けているが、なかなか上手《うま》く行かずに焦っていたのだ。

ナノ化すればするほど皮膚からの浸透力が増すには違いないが、表面積が増大し、アスタキサンチン自身が酸化してしまうのだ。

大野は舞子と一緒になって、抗酸化力を減殺《げんさい》しないで、アスタキサンチンを酸化から守るという矛盾の解決に取り組んでいた。

舞子は、ある種のアミノ酸などを酸化防止剤として投与することで、それが可能になるのではないかと考えていた。

「ほんと、鎌田さんが参加してくれたらなぁ」

大野が悠人をちらりと見た。

悠人は、自分で培養した人工皮膚を使ってコラーゲンの浸透実験をしていた。

「また、それを言う。一生懸命口説いたんですよ。でも頑《かたく》なで。まるで取れない瘡《かさ》蓋《ぶた》ですよ」

悠人が小田原に出かけてから二週間が経っていた。

「ないものねだりをするわけにはいきませんよ。ところでコラーゲンの配合は上手く行っていますか」

磯江が聞いた。

「コラーゲンのことは任せてくださいよ。ところである会社のコラーゲンがいっぱい入っているって化粧品を分析しましたけど、本当にいい加減ですね」

「どうしました？」

「まともにコラーゲンが入っていないですよ。それにナノ化が十分でないから皮膚に浸透しませんね。単にプラシーボ効果だけですよ」

プラシーボ効果とは、偽薬《ぎやく》を飲んでも心理的効果で効いたような気になるという意味だ。

「我々が、コラーゲンのプロとして、本当に効果があるものを作ればいいじゃないですか」

戸越が九月までに化粧品を作りあげ、製品発表すると、取締役会でぶちあげた。

そのため、アスタキサンチンを配合した化粧品ばかりに時間をとられていては間に合わない。磯江は、戸越と相談し、コラーゲンなどを配合した化粧品も作ることにしたのだ。

「とんがっているか」と問われれば疑問符がつくのだが、なかなか思い通りの結果が得られないアスタキサンチンにばかり、かかずらっているわけにはいかない。

それにコラーゲンであっても他社とは異なる際立った特徴を与えれば、新規参入でも消費者に受け入れられるかもしれない。

「コラーゲンたっぷりと言われると、私たち女性は弱いですからね。お鍋《なべ》でもなんでもコラーゲンが入っていますと言われたら、注文しちゃいますもの」

舞子が実験結果のデータから目を離さないまま、話題に参加する。

「コラーゲンは大きなたんぱく質の分子で、お腹《なか》で消化されないから経口摂取しても、効果はあるかどうかはよくわからない」

大野が眉をひそめた。

「だけどナノ化して、皮膚から浸透させることができれば、張りと艶《つや》のある若き皮膚を取り戻すことはできます」

　悠人が言った。

「咲村、お前、細胞を扱っているんだから、もっと本物に近い人工皮膚を培養してくれよ。今の皮膚モデルは、実際の皮膚とはかなりの違いがある。これでは本当の効果が解析できない」

　大野が言った。

　化粧品の開発には実際の皮膚ではなく人工の皮膚モデルを用いるが、表皮と真皮だけの二次元構造であり、実際の皮膚のような厚みがない。

　これでも実験や効果解析に大きな問題があるとは言えないが、もっと本物の皮膚に近づけることができれば、さらによい製品を作ることに役立つはずだ。ただこれは世界で誰も成功していない。

　化粧品業界に日本写真フイルムほどコラーゲンに精通した企業が参入していなかったこともあるが、表皮と真皮だけの二次元皮膚モデルでも十分だったからだろう。

　問題意識のないところに新しいイノベーションは起きない。

「頑張りますよ。私が役に立つところをお見せしたいと思います」

　悠人は、培養皿を睨《にら》んでいた。

舞子が、椅子をくるりと回転させ、

「表皮と真皮だけだとうすっぺらい、まあ言わば老化した皮膚のようなものね。若い皮膚にはその間にコラーゲンが充填《じゅうてん》されているから張りがあるのよ」

と目を輝かせて言った。

「ということは……」

悠人は舞子の話に興味を持った。

「表皮と真皮の間にもう一つのコラーゲンの層を作ることができたら、どうなると思う？」

「張りのある皮膚になります」

「皮膚の構造を研究して、コラーゲン層を充填するような機能を回復できれば、老化した皮膚が再生して、張りを取り戻せるってことにならない？」

「それはいいね。新しいコラーゲンの活用分野だ。俺、俄然《がぜん》、やる気が出るね」

大野が興味を持ってきた。

「化粧品を考えると、生命そのものにだんだんと近づいていきますね」

悠人も興奮した。

「それこそが私たち、日本写真フイルムの求める道じゃないかしら」

舞子が言った。

「道の道とすべきは、常の道に非《あら》ず」

磯江が呪文《じゅもん》のように唱えた。

「なんですか、それ？」

大野が聞いた。

「老子が道について言った言葉ですよ。誰もが、これが真実だと言っているような道は、本当の道ではないということ。まあ、老子と対抗する儒家を批判した言葉ですけど、誰もがこれが当然だと考えていることとは違うことにチャレンジしなさいとも解釈できるでしょう。我々は、常ならぬ道を模索しましょう」

磯江が言った。

「ホント、磯やんは哲学者だよ。いいこと言うよな。不思議とやる気が出るんだよ」

大野が感心したように応えた時、ドアが開いた。

「おう、みんな頑張ってくれているな」

戸越が入ってきた。

「鎌田さん！」

悠人は椅子からひっくり返りそうになった。

戸越の後ろに、鎌田がひっそりと立っているではないか。

磯江、大野、舞子も驚いて戸越の前に集まった。

「乳化のプロがやっと重い腰を上げてくれたぞ。これで千人力だ。製品開発が加速するぞ」

戸越が躊躇《ちゅうちょ》する鎌田を前に押し出した。

鎌田は、照れくさそうにうつむき気味に頭を掻《か》いている。

「鎌田さん、本当に加わってくれるんですか？」

悠人は驚いた。思わず鎌田に近づいて、手を握りしめていた。

「咲村、すまなかったな。きついこと言って」

「いえ、そんなこと。気にしてません。私こそ、突然、お邪魔して申し訳ありませんでした」

悠人は嬉しくて涙が出そうになった。

「店のマコちゃんや女房に叱られてな。なにを意地張ってるんだって。あんたを必要としている時に、応えないんじゃ男じゃないよってね。うどん屋はいつでもできるって。でも力がなくなりゃできないけどな」

鎌田が小声で言った。

「マコちゃんってあの時、お店にいた女性ですね」

「そうだよ。咲村によろしくって。うどんを二杯も食べてくれる人の頼みを、あんなにひどく断るなんて、最低！　って叱られてね。女房は女房で、まだ日本写真フイルムに未練たっぷりでは、美味《うま》いうどんが作れないってね」

「まあ、なにはともあれ咲村の説得が功を奏したってわけだ。案外、役に立つじゃないか」

　戸越がにやりとした。

「案外なんて、心外ですよ」

　悠人は口を尖《とが》らせた。

「おっ、座布団、二枚」

　大野が茶化した。

「早速ですが、鎌田さん、これなんとかしてくださいませんか」

　磯江が赤い粉末を見せた。

「アスタキサンチンですね。ナノ化し、乳化させ、安定化させる。よいテーマだ。やりがいがあります。これを配合した化粧品なら私の女房だってつやつやの肌になりますよ」

　鎌田は、意欲満々の表情で磯江からアスタキサンチンの粉末を受け取った。

「どうもナノ化が十分でないのか、乳化が上手くいかないのか、安定しないんですよ。困った代物《しろもの》だ」

大野が情けない顔をした。

「戸越さん」

鎌田は真面目な顔になり、戸越を見つめた。

「なんだい？　急に真面目になって」

「嬉しいです。私みたいなロートルに期待をかけていただいて……。私の持っている乳化の技術なんてつまらないものだと思っていましたのに……」

鎌田は目頭を熱くしている。

「なに謙遜《けんそん》しているんだよ。鎌田さんの乳化の技術は世界一さ。それがないととんがった化粧品ができないんだよ。ここに集まったのは化石ばかりだ。化石を磨いてダイヤモンドにするんだ」

戸越が鎌田の肩をぽんと叩いた。

「まあ、私も化石なんですか」

舞子が、眼鏡を指先で持ち上げて戸越に抗議した。

「ああ、化石だ。みんな化石だ。それでいいじゃないか。化石が見事に光りだすところを見せてやろうぜ。いいものを作ろう。我々にしか作れない、いいものを作ろう。いいものを作れば、必ず売れる」

戸越が強い口調で言った。

「しかたがないわね。化石で納得します」

舞子が苦笑した。

「鎌田さん、私にできることはなんでもやりますから」

悠人は目を輝かせた。

「咲村、頼んだぞ」

鎌田が悠人の手を強く握った。

2

製品開発は、鎌田の参加で一気に進み始めた。鎌田は、アスタキサンチンのナノ化と乳化に目途《めど》をつけつつあり、彼と協力して舞子が抗酸化力を保護する手段を見つけようと努力している。

大野は、得意のコラーゲン技術を駆使して、コラーゲンを活用した製品作りに取り組んでいる。

悠人は、彼の得意分野である細胞研究で成果を上げている。それぞれの製品が皮膚細胞にまでどれだけ浸透するか、解析に余念がない。また新しい人工皮膚の開発にも、外部の研究者と協力して取り組み始めている。

バブル入社世代と言われ、どちらかというとのんびり屋でたいした役割を期待していなかったが、それは戸越ら、リーダーの怠慢だったことがわかった。彼らは使命感と明確な目標を与えれば、まっすぐにそれに向かって進んでいく。

磯江が、スタッフ全員の方向性を調整し、協力会社などを含めた製品の製造ラインを検討し始めている。協力会社なくして製品は作れない。

戸越は、少数だがいいチームができたと喜んでいる。老壮青、男女と言えば大げさだが、意欲があるスタッフを集め、その意欲に正しい方向づけさえできれば、物事は順調に進んでいくことを実感した。

「兵は多きを益とするに非ず」と孫子も言っている。まさにその通りで数が多いからといって戦争に勝てるものじゃない。

取締役会で約束した九月には、みなが驚き、日本写真フイルムの面目躍如《めんもくやくじょ》となるような製品を発表できるだろう。

戸越は、ドクター春風堂の社長、猿橋広之進と会っていた。

東銀座の裏通りにある「いぶき」という和食の料理屋だ。

「化粧品の方は順調のようですなぁ」

「ありがとうございます。なんとかなりそうです」

「そら、よかったわ。まあ、今日は私のおごりです」

猿橋から連絡があり、戸越は指定された店に来ていた。

猿橋は、化粧品業界のことをよく知らない戸越にとってよきアドバイザーだった。

「恐縮です」

「新しいことを始めようとする戸越はんにふさわしい名前の店やと思われませんか。この店も開店して三年くらいやないでっしゃろか」

カウンターに腰かけている猿橋が問いかけるように、調理場にいる主人に目を向けた。

主人は、和食の料理人らしく極端な短髪で、清潔感があり、体型からは精悍《せいかん》な印象を受ける。

「はい、三年になります。いつもよくしていただいてありがとうございます」

主人は猿橋に礼を言った。

「鰹《かつお》の藁《わら》焼きというのを売りにしてますのや。店の中で、本物の藁を使って鰹を焼いてます。鰹というのは、まあ、正直いうて好き嫌いがある魚です。それをあえて店の売りにするという演出には意外性もあり、驚きもあり、客がついているんですなあ」

猿橋は主人に微笑《ほほえ》みかけた。

「恐れ入ります」

主人は包丁を止めて頭を下げた。

「美味《おい》しい料理を出さないと客は来ません。それは当然です。しかし美味しい料理を出すだけでは客はつきません。演出、サービス、価格などリピーターになってもらうためには真剣な努力が必要なんですな。特に食なんていうのは味だけじゃなくて、プラスアルファに金を払うみたいなもんです。化粧品が求める美しさも同じですなぁ」

猿橋は、鰹の藁焼きを塩で食べ、日本酒を冷やで飲み、満足そうに目を細めた。

戸越も鰹の藁焼きを塩とワサビで食べた。鰹の魚くささもなく、上質の肉を食べているような旨《うま》みが口に広がった。

味にプラスアルファの演出……。

猿橋は、深い意味のことを話そうとしてくれているようだ。

「化粧品業界は、なんや軟派みたいに思われてますけど、最先端の産業で、大げさに言えば日本を救う産業かもしれまへん。そう、思いますんや」

「私も同感です。人間の身体を細胞まで研究しないと本物は作れませんし、容器のデザインなども一流でなくてはいけません」

「医学、薬学、生化学などを駆使して、肌によい原材料を研究し、一方でプラスチック、ガラス、紙などの素材とデザインを工夫し容器を作る。そしてマーケティングに神経をつかって、ようやく化粧品は世に出る……。まあ、自動車産業と同じで化粧品が売れれば売れるほど、それを取り巻く裾野産業が発展するんですな。それに世界中で、特にアジアでは日本の化粧品に対する人気は高まる一方です。そりゃこれだけ人の肌を研究し、品質にこだわっていれば当然です。高くたって化粧品は買っていく。アジアの人は、高くても買うんでっせ。それだけ日本の化粧品の価値を認めているってことですな。テレビや自動車なんかでも安く売る時代に、化粧品だけは高くたって、アジアの国々で勝負できるんです。反日もなにも関係ありゃせん。反日より、自分の肌が気になるのが女性です。中国の化粧品より日本の化粧品を使いますがな。せやから私は化粧品が日本を救うと本気で思っていますんや」

猿橋は愉快そうに笑みを浮かべ、冷や酒をくいっと飲んだ。

「だから私たちも化粧品に進出することを決めたんです」

この店は日本酒の銘柄が充実している。戸越は、福井の黒龍《こくりゅう》を飲んだ。

猿橋が、上目づかいに戸越を見て、

「戸越はんは、いいものを作ったら売れると思っていらっしゃいませんか。あんたはんの会社は技術は一流です。他の会社と比べるまでもありませんな。せやけど売れるのは別でっせ」

と言った。

「そんなことありません」

猿橋は、冷や酒のグラスをカウンターに置いた。

「せやったらええんですけどね。いいものさえ作ったら売れるというのは日本のメーカーが陥りやすい傲慢《ごうまん》さやから。この傲慢さが、日本企業の凋落《ちょうらく》の原因の一つやと思います。あのドラッカーも経営者の条件の第一に『なされるべきことを考える』と挙げています」

P・F・ドラッカーは、アメリカの最も影響力のある経営思想家だ。日本にも彼の信者とでも言うべき人は多い。猿橋もその一人なのだろうか。

戸越は、緊張して耳を傾けた。

猿橋は、冷や酒のグラスに口をつけながら話を続ける。

「自分がやりたいこと、なにをしたいかじゃなくて、会社にとってなにがなされるべきかを考えるのが成功の秘訣やと言われてます。ほんまにその通りです。メーカーで言うたら作りたいもんより、なにを作らなあかんかということでっしゃろね。また『機会に焦点を合わせる』のも条件やと言われています。問題点ばかり挙げてそれにかかずらっても、なんにもならへん。それよりは変化を脅威やのうて機会ととらえるこっちゃともね。

世の中にはいろいろな変化があります。これを問題と捉えるんじゃなくて成果を上げる機会と捉えて挑戦せなあかんということでっしゃろね。日本の企業があかんようになってきたんは、作りたいもの、売りたいものばっかり消費者に押しつけて消費者の変化に対する対応も鈍くなって、問題点ばかり挙げて変化を機会、チャンスと考えへんようになったからやろね。最近は、円高、高い法人税、エネルギー問題などを六重苦やなんや言うて経営者が渋い顔ばかりしてますやろ。あんな顔のところに成功の神さんは来てくれまへん。どんな時代にも問題はあります。それを機会、チャンスやと捉えんとね」

猿橋は、創業者だけに自分の考えをしっかりと持っている。

「私も同感です」

戸越は言った。言葉少なに、創業者の言葉を聞くのもいいものだと思った。

「なんやドラッカーのことを話し始めたら、熱うなってしもたわ。すんまへん」

「いえ、参考になります」

「私が言いたいのは、作りたいものを作っても売れへんということと、変化を問題やのうて機会、チャンスと捉えなあかんということです」

「はい……」

猿橋の言っている意味はよくわかる。それと化粧品とどう結びつくのだろうか。

「化粧品人口というのがあります。一九八〇年は、十八歳から五十九歳までの女性人口が化粧品人口でしたから約三千五百万人でしたな。それを十五歳から六十九歳の女性人口と見方を変えますと、二〇一〇年には約四千五百万人にもなります。どないです？　化粧品人口は約千万人も増えるんでっせ。人口が減る中で、化粧品人口は増えていく。少子高齢化なんて問題点を指摘することなんかありませんやろ。さらにもっと見方を変えれば、化粧をする女性は低年齢化、高年齢化しています。幼い子どもも化粧するでしょう。六十九歳なんてまだまだ若い。七十歳、八十歳になっても女性は化粧します。化粧品人口は、どんどん増えているんですよ」

「女性が美しくなりたいという気持ちは年齢と関係がありませんし、女性の社会進出が進んでいますからね」

「その通りですな。そして化粧品を使う女性が、最も気にするのがスキンケアです。化粧品には、メイクアップやフレグランス、ヘアケアなどの種類がありますが、最もボリュームがあって、狙いどころはスキンケアですわ。自分の肌に最も合うスキンケア化粧品を使い始めると、女性はなかなかブランドスイッチをしないという傾向がありますねん。せやからここでブランドをスイッチさせることができたら、ビジネスとしては成功ということになりますやろ」

猿橋は、高知の亀泉《かめいずみ》を頼んだ。辛口の酒だ。戸越も同じものを頼んだ。

「社長は、そこにドクターズコスメを売りこんで成功されたわけですね」

「まあ、そういうことですわ。そこで戸越さんに言いたいのは、マーケティングに最大限の注意を払えということですわ」

「マーケティングですか？」

技術者である戸越にはまったく知識も経験もない分野だ。

「どんな製品を作るか、どんな価格をつけるか、どんな広告や販促をするか、どんな流通ルートで製品を提供するか、これをよくよく考えないとヒットは難しいやろと思います。ただやみくもにいい製品を作ったからといっても、さきほどのドラッカーの言葉やないですけど、作りたいだけで、消費者のためになすべきことがなされていないと売れへんということですわ」

猿橋は、少し酔ったのか、言葉を強めた。

戸越は、ありがたいと思った。猿橋の言葉が、心に沁《し》みた。まるで辛口の亀泉が腹に沁みるようだ。

新しい化粧品というものを成功させるには、日本写真フイルムの総合力が試されるということだ。

製品開発、製造管理、販売戦略、広報など、あらゆる部署が一体となって新しい挑戦をしなければならない。

「我が社の総力をあげるようにします」

戸越は力強く言った。

「そうしてください。せやけどね、製品開発でも、販売戦略でも、今までのフィルム製造、販売のノウハウは使えるようで使えませんで。まったく別物やと思うてやった方がええかもしれませんな。戸越はんがいくら勉強家やったとしても女性誌を見たこともないやろし、美容ジャーナリストなんかとも付き合ったこともないやろし……」

猿橋はにんまりとした。

「はあ、美容ジャーナリストですか？　初めて聞きました」

戸越は、戸惑いを浮かべた。科学ジャーナリストは知っているが、美容ジャーナリストという存在は、初めて聞いた。

「ほっほっほっ」

猿橋は楽しそうに笑った。

「これから勉強させていただきます」

戸越は頭を下げた。

「まあ、なにはともあれ、せいぜいたくさんの失敗をすることですわ。失敗は成功の基《もと》ですからな」

猿橋は、冷や酒のグラスを持ち上げた。戸越も自分のグラスを持ち上げ、猿橋のグラスと合わせた。カチリと硬い音がした。

「乾杯。うちも負けまへんで」

「私たちも猿橋さんのライバルになれるように頑張ります」

3

ライフサイエンス研究所の明かりは、夜遅くまで消えることがなかった。それぞれが自分の期待される役割を果たすべく、働いていた。

時間は有限だ。この時間という資源だけは他のものに代替できない。石炭がなくなれば石油に替えることができるが、時間だけはそういうわけにはいかない。

悠人たち、ライフサイエンス研究所のスタッフに与えられた時間は、それほど多くない。九月には化粧品の新製品を発表しなければならない。

化粧水だけでいいのか。他の化粧品をラインアップする必要はないのか。肌を整える化粧品から身体の中から肌を整えるドリンク剤まで作る必要はないのか。

悠人たちは議論を重ね、何日も試行錯誤を繰り返していた。

「俺の定年までフィルムがなくなるなよって思っていたのになぁ」

鎌田が、高速攪拌機《かくはん》の前で腕組みをしていた。

「鎌田さんと乳化の関わりは最初からだったんですか？」

悠人が聞いた。

悠人は、鎌田が乳化したアスタキサンチンの人工皮膚への浸透度などを解析していた。

「工業専門学校を出てな。工場に配属されたらいきなり乳化をやれって言われたんだ。あのころは忙しかったなあ。ちょうど白黒フィルムからカラーフィルムが伸び始めたころだった。どんどん色素を配合して乳化しないと間に合わなくて」

鎌田は懐かしそうに目を閉じた。高速攪拌機のモーター音が静かに響いている。

「いい時代ですね」

「ああ、忙しかったけど、やればやるだけ成果が上がってさ。乳化装置も最新鋭のものを設置してもらったんだけど、どうも上手く行かなくてさ」

「へぇ、最新鋭の装置が、ですか」

「そうさ。なんでも新しけりゃいいってことはない。それで食品関係の乳化装置に取り換えたり、とにかくなにもかも手さぐりだった……」

「そんな中からノウハウが蓄積されたんですね」

悠人が微笑んだ。

「そうさ。何事も失敗は成功の基だ。俺は、うどん屋になろうとしただろう?」

鎌田が悠人を見つめた。

「ええ」

悠人が見つめ返す。

「うどんも心を込めて、美味しくなぁれと願わなければ美味しくならないんだ。あれも粉と水とを混ぜて、捏《こ》ねて。乳化みたいなもんだ。俺は、いつもこの攪拌機に均質に乳化してくださいよって願いを込めてんだよ」

鎌田は攪拌機をいとおしげに触った。

「この機械も鎌田さんの長年の相棒ですか?」

「おお、そうだよ。俺がいない間に別の機械に取って代わられていたのを探しだしてきたんだ。見つけだした時に、こいつが『鎌田さん、待っていました。また一緒にやりましょう』って言いやがってさ」

「まさか」

悠人は苦笑した。

「ほんとさ」

鎌田は真面目な顔をした。そして小さく笑った。

モーター音が止まった。

「さあ、どうかな。アスタキサンチンの油溶液と水が仲良くしているかな？」

鎌田は高速攪拌機を開け、中からアスタキサンチンの乳化液をビーカーに取り出した。

「どうです、鎌田さん」

磯江がやってきた。大野も舞子も集まってきた。

アスタキサンチンを攻略できるかどうかに化石プロジェクトの成否がかかっていることを、みんながよくわかっている。

鎌田がビーカーをじっと睨んでいる。赤い液体が光を透過し、透明に輝いている。

「きれいですね」

悠人は言った。

「さすが鎌田さんだ。上手く行ったようだな」

大野の声がいくらか硬い。なぜならこの数日間、同じような言葉を何度もかけているからだ。しかし、その都度、鎌田は「これではダメだ」と言い、やり直してしまう。その繰り返しなのだ。

「今回も満足がいかないって顔をされていますね」

舞子が鎌田の顔を覗《のぞ》きこんだ。

「わかるか？」

鎌田が舞子に振り向いた。

「ええ、わかります。完璧じゃないんですね」

舞子が黒縁眼鏡を指先で持ち上げた。

「ああ、微妙に濁っている。これじゃダメだ」

鎌田がやり直すために、もう一度、高速攪拌機に乳化液を戻そうとした。

「これが濁っているんですか？」

悠人が驚いて言った。

「ああ、これじゃダメだ」

「ちょっと待ってくださいよ。どの程度ダメなのか解析しますから」

悠人が引き留めた。

「わざわざ解析しなくたってわかる」

鎌田は機嫌が悪そうに表情を歪《ゆが》めた。

「鎌田さんは、職人中の職人ですからね。それにしてもアスタキサンチンは扱いにくいですね。私たちは、ちょっと傲慢でしたか」

磯江が穏やかだが、弱気な口調で言った。

磯江は、ライフサイエンス研究所の現場責任者という立場だ。その彼が弱気な雰囲気を醸しだしている。

「傲慢ってどういう意味ですか」

悠人は聞いた。

「フィルムで培《つちか》った技術がそのまま生かせると思ったことが傲慢だったかもしれないってことです。扱う物質が違い過ぎる。まるで新分野だと思いませんか」

磯江は悠人たちを静かに見つめた。

「そう言われてみると、コラーゲン一つとってみても肌から浸透させて、皮膚に張りをもたせにゃならないなんて未知の領域だよな。できるかって不安になるものな」

大野も磯江に引きずられるように弱気になった。

「みんなどうしたんですか。急に自信なくさないでくださいよ」

悠人は焦った。

「自信はあるさ。でも扱う原材料が徹底的に自然、天然のものでないといけない。化粧品という人に使ってもらうものだから、これは絶対だ。アレルギーだとか、今までフィルムでは遣ったことがない気も遣わねばならない。ここでこれを加えたら上手く行くんじゃないかって考えても、そうできないこともあるじゃないか。コラーゲンの天才を自負する俺でさえ、気疲れで円形脱毛症になりそうだぜ」

大野は頭頂部を指差した。

「まさか大野さんが円形脱毛症ですか」

舞子が声に出して笑った。

「舞ちゃん、笑い事じゃないぜ。本当なんだから。だってさ、俺たちが作りたいって取り組んでいる化粧品が、本当に女性が求めているものなのかって迷いもあるんだ」

大野が真剣に言った。

乳化のプロ、鎌田が参加した。これで一気にアスタキサンチンのナノ乳化が進むと思われた。

しかし、想像した以上に乗り越えるべき壁が高い。多くの化粧品会社がその壁の前にひれ伏したのも理解できる。このままでは悠人たちも同じ目に遭ってしまう。

「私、女性として言わせてもらいますと」と、舞子はわずかに背筋を伸ばした。

「ご意見、拝聴しましょうか」

磯江が、舞子に向き直った。

化粧品開発チームにおいて舞子は唯一の女性だ。彼女は製品が完成した場合の利用者であり、消費者。彼女の意見は大きい。

「化粧水の潤い、しっとり感、肌の中に沁みこんでいく感覚って、それぞれだと思うんです。女性ごとに違う。だからいろいろな化粧水がある。へちま水などを自分で作る人もいるくらいですからね」

「そんな曖昧《あいまい》なものにどうやってアプローチしたらいいんですか」

悠人は妻の尚美を思い浮かべた。どんな化粧水を使っているのか詳しく聞いたことはない。満足しているのかどうかもわからない。値段と相談しながら製品を選んでいるのだろうか。

「イノベーションは、現場からって言うでしょう。現場のニーズを押さえないことには、新しいものを作ったって独りよがりになるだけ。それでいろいろと聞いてみたんです」

「それでなにかわかったのかよ」

大野がまだ頭頂部を触っている。本当に円形脱毛症になっているのかもしれない。

「やっぱりいろいろな意見があったわ。現在使用中の化粧品についての意見ですけど、『いろいろ使ってみたけど、香りが気にいらない、ベタベタする、サラサラし過ぎている、しっとり感がない、翌朝突っ張った感じがする、シミが取れない、皺《しわ》が取れない云々《うんぬん》』。実際、私も同じ感想を持ってるんです」

「難しいですな。誰も満足させることはできないということですね」

磯江が言った。

「私たちは何度も製品のコンセプトを考えてきました。コンセプトが確立していない製品は、絶対に受け入れられないと思うからです。今、私たちは、いろいろなニーズの前で迷っているんだと思います。そこで、ニーズにもう一度シンプルに応えるべきだと思います」

「シンプルに応える。確かにねぇ。虚を致すこと極まりですね」

磯江が納得したように言った。

「磯やん、なんですか、その虚をなんとかって？」

大野が首を傾げた。

「謙虚に元に戻れということです。いろいろな余計なものが覆い隠しているけれど、元に戻れば一つだということでしょうか」

「そうなんです。磯江さんの言う通りです。徹底的にアンチエイジング一本に絞って理論的に製品を作るんです。我が社らしくね」

「理論的にというと？」

「化粧品は感覚的な面が強い。それを我が社は、理論的にアプローチするんです。こうこうだからアンチエイジングに効果がありますという風に」

「アンチエイジングに関心のある女性層にターゲットを絞って、そこに訴えるんだな」

大野が、さきほどから気にしていた頭を指差した。

「その女性層は、まさに私のことなんですよ。自分で言うのもなんですが、働いて、社会で活躍している女性です。人間として輝いている女性のための化粧品。彼女たちは、曖昧な感覚より、ちゃんと理論的に肌のことを考えています。そこにシンプルに、ストレートにアプローチしましょうよ」

舞子が力を込めた。

「簡単に言やあ、理屈っぽい化粧品だ。感覚に訴えるんじゃやなくてな」

大野が大きく頷《うなず》いた。

「それに我が社が長年フィルムで培ってきた信頼をベースにすれば、なおさらいいですね」

悠人が笑みを浮かべた。

「日本写真フイルムは、なにを販売しているんですかと問われれば、『信頼』ですと答える会社です。フィルムは、人生の記録を写し取ります。どこでもいつでもどんな環境でも最高の品質を保っていなければなりません。そのために私たちは研究を続けてきましたからね。化粧品もどんな環境に置かれているかわかりません。お風呂場の中で蓋《ふた》が開いたままかもしれません。温度、湿度、酸化……。いざ使おうと思ったら効果が半減している化粧品も多いと聞きます。我が社の化粧品はそんな心配は不要にしましょう。それが我が社の技術の賜《たまもの》です」

磯江が流れるように言った。

「磯やん、それそのままＣＭに使えるのでは？」

大野が言った。

「いずれにしてもアンチエイジングにシンプルに目標を絞りましょうよ。シンプル、シンプル」

舞子が言った。

「その決め手がアスタキサンチンなんだよなぁ」

大野が、鎌田の背中を見つめている。

「アスタキサンチンは、一重項酸素という活性酸素が肌を黒ずませたり、シミ、くすみを増大させることを防いでくれる抗酸化力が強い。この一重項酸素ってやつは、フィルムの光褪色《ひかりたいしょく》の原因物質だから、そのコントロールに長《た》けた私たちはアスタキサンチンの扱いに慣れていてもいいんですが、それでも難しい」

磯江が唇を歪めた。

鎌田は、舞子らの議論には参加せず、ただひたすら高速攪拌機を操作し続けている。とにかく納得するまでアスタキサンチンのナノ乳化を進める覚悟なのだ。こうなると乳化のプロとしての意地の塊だ。

4

「ダメだ」

鎌田が声を荒らげ、赤いアスタキサンチンを乳化した液体が入ったビーカーを床に打《や》ちつけようとしている。

「止めてください」

悠人は鎌田の腕を掴《つか》んだ。

「納得がいかない」

「解析してみましょう」

「したって無駄だ。この濁りを見てみろ」

鎌田が悠人に向かって、ぐいっとビーカーを差し出した。

透明で、赤いルビーのような溶液がビーカー内に満ちている。

「美しい……」

悠人はため息を洩らした。

「咲村、よく見てみろ。透明度が弱いだろう」

「僕には、わかりません。十分のような気がします。解析させてください」

「ダメだ。満足がいかない。このアスタキサンチンの乳化液にコラーゲンやコエンザイムQ10などの皮膚にいいものを加えるんだ。今のままだと濁ってしまう」

鎌田の抵抗は激しい。

「どうしたんだ」

戸越が現れた。

「戸越さん、助けてください」

悠人は拝むような表情で言った。

「なんて情けない顔をしているんだ？」

「鎌田さんが、アスタキサンチンの乳化に納得しないんですよ」

悠人の訴えに戸越は鎌田を見た。

「上手く行かないのか？」

「上手く行きません。私、乳化、分散のプロだって自負心を持っていましたけど、それはフィルムでのことで人の肌に使うもの、天然由来のものの乳化、分散についてはノウハウはありません。自信が持てないんです」

「鎌田さんらしくないじゃないか」

「俺らしいとか、らしくないとかという話じゃないです。天然由来の原材料がこんなに難しいとは思っていませんでした。性質が今までの原材料とまったく違うんです」

「違うだろうな。当然だよ。今までは化学製品が中心だった。しかし化粧品となると、人体が相手だ。化学製品を使うわけにはいかない。自然由来のものに限られる。でも俺たちが培ったノウハウを生かすことはできるはずだ」

戸越は強い口調で言った。

「わかってはいるんですが……」

鎌田が目を伏せた。すっかり自信をなくしている。

「ちょっと見せてみろよ」

戸越は鎌田からビーカーを受け取った。おもむろに部屋の明かりにかざした。戸越の顔がほんのりと赤く染まっている。

戸越はスーツの内ポケットからなにやら取り出した。小さな黒い筒だ。

「それはなんですか？」

「単眼鏡だよ。レンズを取り換えれば顕微鏡にもなるんだ」

戸越はちょっと自慢げに言った。

「いつも持ち歩いているんですか？」

「ああ、若いころから、ずっとだ。ルーペじゃ満足できないからね。これでフィルムのピンホールを見つけたり、望遠鏡にして部下の様子を監視したり……」

「本当ですか？」

「ばか、嘘だよ。研究所の屋上から足柄の山々を眺めて、心を癒《いや》しているんだよ」

戸越は微笑みながら、単眼鏡をビーカーに向けた。真剣な表情になった。鎌田がその様子をじっと見つめている。フィルム製造工場で、これと同じ光景があったのだろう。鎌田の顔が緊張している。

「いいじゃないか。咲村、解析してみろよ。その結果を見て、また考えようじゃないか」

「それでわかるんですか」

悠人は聞いた。

「お前、誰にものを言っているんだ。フィルム一筋の戸越様だぞ。とにかくこれを解析して、分散の状況を調べろ。それから安定性とかについてもっと向上させようじゃないか」

「いいんですか？」

鎌田が不安そうに聞いた。

「ああ、鎌田さん、腕は衰えていないよ。自信を持てよ」

戸越はアスタキサンチンの乳化液の入ったビーカーを悠人に手渡した。

「ありがとうございます。戸越さんにそう言ってもらうと、ちょっと嬉しいです。取りあえずこれを解析に回しますが、さらなるナノ化に挑戦します」

鎌田の表情が穏やかになった。

「よかった。これで少し前に進みます。なんたってアスタキサンチンが目玉ですから」

悠人はビーカーを抱えるように持った。

「高木君」

戸越が、舞子を呼んだ。

「はい。なんでしょうか?」

舞子が電子顕微鏡から目を離して、立ちあがった。

「アスタキサンチンは抗酸化力が強いだけにナノ化すればするほど安定性に欠ける。酸化しないで、安定する方法を検討してくれ」

「安定化剤を幾通りか試しています。今のところ最適なものは見つかっていませんが、見つけてみせます」

「期待しているぞ」と戸越は大野の席の方に歩き始めた。

「単眼鏡で、アスタキサンチンの乳化状態まで見えるなんてすごいですね」

悠人は、戸越に小声で言った。

戸越が片目をつぶって、にやりとした。

「咲村、耳を貸せ」

「耳ですか？」

悠人は戸越に耳を近づけた。

「見えるわけないよ」

戸越が囁《ささや》いた。

「えっ」

「ああでも言わなきゃ、鎌田はいつまでも乳化機にへばりついているさ。いったんどこかで切らないとな」

「そうだったんですか？」

「初めてやることは不安だらけだ。小さな成功を積み重ねていかにゃならんさ」

戸越は笑みを浮かべた。

「その通りです。小さな成功体験の積み重ねが本物の自信になりますから」

戸越は、ゴールをどこに定めていいか迷っていた鎌田に、第一段階のゴールを与えたのだ。ゴールが見えない仕事は、どんどんと迷路に入ってしまう。

悠人の解析次第では、やり直しになるかもしれないが、その時は新たなステップに入るから格段に仕事はスピードアップする。

実行し、分析し、それをフィードバックし、さらに実行する。これが迷路に入りこまない仕事のやり方だ。

「さすがです」

悠人は、戸越のさりげないリードの仕方に感激した。

「きちんと解析して、課題を提示してくれ」

戸越は悠人の肩を叩き、コラーゲンに取り組んでいる大野の席に歩いていった。

悠人は、解析機の前に座った。今から、鎌田が乳化したアスタキサンチン乳化液の状態を調べる。どれほど細かくなっているか、どれだけ安定して分散しているか、それが時間とともにどのように変化するかなどだ。

ナノ化というのは、一ナノメートルの極小の物質の世界だ。一ナノメートルは、十億分の一メートル、すなわち十のマイナス九乗の大きさだ。

光の波長は、紫が三六〇から四〇〇ナノメートル、赤が六二〇から七五〇ナノメートルだ。この範囲に可視光線の波長は収まっている。それよりも細かくすれば物質は透明になる。もしその範囲内だと白く濁ってしまう。

アスタキサンチン乳化液を透明にするには、光の波長より細かくしなければならない。十分の一、いや百分の一……。

そこまで細かくすれば人間の細胞は千から一万ナノメートルだから、アスタキサンチンは細胞の隅々にまで沁みこみ、入りこんで肌を老化させる活性酸素と戦ってくれる。

そして日本写真フイルムの技術のすごさは、単純に物質をナノ化するだけではない。

物質をナノ化し、その物質の必要な成分や効力を維持、保護したまま、それを必要としている場所に届けることができるのだ。

必要な成分をバランスよく配合し、必要な場所に、必要な形で届けるというべき技術だ。

これこそ〇・一ミリメートルのフィルムの厚さの中に、四〇〇から八〇〇ナノメートルの大きさの光を捉えるハロゲン化銀粒子、一〇〇から二〇〇ナノメートルの色を作る発色乳化粒子や色を維持、保護する褪色防止剤粒子などからなる二十数層もの秩序を保たせている技術だ。気の遠くなるような精密なエンジニアリングだと言えるだろう。

「なんだか興奮してきましたよね」

悠人は一緒に解析作業をしている舞子に言った。

「どうしたの、急に。私の魅力にドキドキしているの？　既婚、子持ちですからね」

舞子が電子顕微鏡を覗きながら言った。

舞子の場合は、何事も真面目に発言するから冗談か本気かわからない。

「違いますよ」

「あら、失礼ね。魅力がないって言うの？」

「いや、そうじゃなくて、今、僕たちはイノベーションの真っただ中にいるんですよ。そう思いませんか？」

「そう言われてみるとそうだけど、イノベーションってどうやったら起こせるのかしら」

舞子は電子顕微鏡から目を離した。黒縁眼鏡の奥の瞳が好奇心で輝いている。

悠人は、舞子の質問に、あらためてイノベーションについて考えてみた。

「僕たちは予想もしない失敗、問題を抱えました。フィルムがなくなることです。イノベーションのためには予想外の失敗や成功が必要かなと思います」

「ふーん、なるほどね」

舞子は小さく頷いた。

「成功でも失敗でも、それが将来なにをもたらすのか気づく必要があります。僕たちが全身全霊を捧《ささ》げたフィルムがなくなるということが経営の最大の危機だと気づき、それを問題じゃなくて経営改革のチャンスだと考えたんです」

「問題だ、問題だって騒がずに危機をチャンスにね」

「それとギャップ、あるべき姿との乖離《かいり》が必要でしょうね」

「ギャップ？」

「いろいろなギャップがあるでしょうが、僕たちはフィルム技術が他に活用されていないということをずっと考え続けてきました。技術のあるべき姿とのギャップですね」

「だから技術のあるべき姿を求めて、化石プロジェクトってわけね」

「その通りです。ギャップを埋めるには思いきった発想の転換が必要です。でも技術は、今までの蓄積を利用すればいい」

「だけどニーズが必要でしょう？　お客様が買いたいものを提供して、支払った対価以上に満足してもらう必要があるわね」

「よいことを言いますね。僕が、今、イノベーションについて考えているプロセスは、あの有名なドラッカーの受け売りなんですが、彼の『イノベーションと企業家精神』という書物の中に『顧客がどれだけ支払うかは顧客次第である。顧客が顧客のためにできること次第である。顧客の事情に合うもの次第である。製品が価値とするもの次第である』という言葉があります。まさにニーズ次第ということです」

「なんだ、咲村君ってすごいなぁって思っていたのに、有名なドラッカーの受け売りなのかぁ」

舞子は少しがっくりしたように言った。

「僕が言うより権威があるからいいでしょう。でもドラッカーは原則論を言っているから、わかりやすいですよね。そこでニーズですが、僕たちには自分たちの技術を利用して作りたいというニーズ、お客様にはもっと価値ある、アンチエイジングの化粧品が欲しいというニーズがあります。そして産業構造や人口構造の変化でしなくちゃならない。これが重要ですね。デジタル化でフィルムは消える、この変化にいち早く対応しなくちゃならない。そして女性の社会進出などから化粧品人口は増えている。そこにニーズがあるってことです」

「そうよね。人口が減っているからって化粧品を使う人が減るってこととイコールじゃないから」

「認識の変化も重要です。すなわち『半分入っている』って考えるか、『半分空である』と考えるかの違いです」

「ドラッカーが言っているの?」

「そうです。既存の化粧品は山ほどありますが、まだまだお客様の満足度は満たされていないと考えるか、そうでないか」

「私たちは『半分空である』と考えたわけね。まだまだ満たされていないと……。そこにニーズがあると」

舞子が勢いづいた。

「高木さん、わかってきましたね。では最後には新しい知識の出現ってことをドラッカーは言うんですが、どの世界にも新しい知識が発見されてそれが活用されるまでのリードタイムがあるというわけです」

「そうよね。大発見しても、それが実際に私たちの生活に利用されるまではものすごい時間がかかるわわね。コンピューターだって二進法で全てを表すことを考えた人がいて、それが今日のデジタル社会になるまでは相当な時間がかかっているものね。ということは、リードタイムを短くできたものが成功するってこと？」

「そうだと言えるでしょうね。幸い僕たちには既存の技術がある。それが強みです。強みを生かすことでリードタイムを短くすることができるってわけです」

「強みを生かすのかぁ。そうね。人間でも弱みをなんとか克服するより、強みを生かす方がいいものね。昔から得手《えて》に帆を揚げって言うから」

「得手に帆を揚げか。いいこと言いますね。さすが子育て中だ。それって子育ての原則ですね。ダメ、ダメって言う前に誉《ほ》めるってことですね。ドラッカーも同じように強みを基盤にしろって言っていますし、凝り過ぎるな、的を絞れ、現在のためにイノベーションを起こせってことも言っています」

「咲村君、詳しいわね。あなた経営学部？」

「違いますけど。化石プロジェクトのメンバーになったので、ドラッカーの一冊くらい読んでないといけないなと思ったんですよ。僕たちは、新しく事業を起こしているわけですからね」

悠人は得意そうに人差し指で小鼻をこすった。

「結論として咲村ドラッカー先生としたら私たちは、今、まさにイノベーションを起こしつつあるってことね」

「そう確信しています」

「この研究室から世の中を変えるってことかしら。興奮するわね」

舞子が笑みを浮かべた。

「変えてみせましょう。日本写真フイルムも、社会も」

悠人は口元を引きしめた。

「おーい、咲村。これも解析してくれ。さきほどのと比較してほしいんだ」

鎌田が高速攪拌機の前で声を張りあげている。

「なんだか鎌田さん、元気になってきたわね」

「戸越さんに誉められたせいでしょうか。単純でいいですね」

悠人はにやりとした。

「単純で結構じゃないの。何事もシンプルでないとね。シンプル・イズ・ベスト。これ人生の鉄則よ」

「了解です」と悠人は言い、鎌田に振り向いて「そんなに大声を上げなくても十分に聞こえていますよ」と答えた。

「さあ、イノベーション、イノベーション」

舞子は、ふたたび電子顕微鏡を覗きこんだ。

5

アスタキサンチンなどの油溶性のカロテノイドは、体内で胆汁などの作用で乳化され、体内細胞に吸収されることは研究で明らかにされていた。

そこで悠人たちは、アスタキサンチンをナノ化し、乳化してやれば体内に吸収されやすくなるのではないかと考えて、乳化のプロである鎌田を中心に苦労を重ねてきた。

ようやく鎌田が解析に回してきたアスタキサンチンの乳化液は、粒子の大きさが二五〇ナノメートルと一一〇ナノメートルの二種類だ。粒子の大きさは舞子が電子顕微鏡を使って計測した。

悠人は、体内に吸収されたと同じ環境を整え、二種類の乳化液と乳化しないアスタキサンチン油溶液の三種類を比較した。

細胞内にそれぞれがどのように吸収されるかは、細胞研究をしてきた悠人の強い分野だ。

「どうだ？ よい結果が出たか？」

鎌田がプリントされている解析データを見ている悠人に近づいてきた。

「興味深い結果ですよ。予想通りと言えば、言えますが」

悠人はデータを示した。

「説明してくれよ」

「乳化しないアスタキサンチン油溶液よりも乳化したものの方が体内に吸収されやすいということです。さらに二五〇ナノメートルより一一〇ナノメートルの方がより吸収されます」

悠人はデータをグラフ化したものを鎌田に見せた。

そこには体内に吸収されたアスタキサンチンの濃度の経過時間ごとの変化が示してある。

「当然の結果だよな。ナノ乳化した方が吸収しやすいと仮説を立てて苦労したんだからな」

　鎌田は安心したような表情を見せた。

「当然の結果が出ることが、最高のことですよ」

　悠人は答えた。

「ということは、さらにナノ化すればもっと体内に吸収されるってことだな」

「ええ、そういうことになると思います」

「もっと努力してみるかな。まだまだナノ化できる自信はあるぞ」

　鎌田が意欲を見せた。

「でも……」

　悠人は、舞子を見た。

「問題があるのか？」

「大ありなんですよ」

　舞子が別のプリントしたデータを見せた。多くの数字が並んでいる。

「これは？」

「温度や湿度などの環境を設定してアスタキサンチンの保存安定性を調べてみました。以前、鎌田さんから提供していただいた三〇〇ナノメートルと一五〇ナノメートルのアスタキサンチン乳化物での解析です」

「俺がまだ満足していないナノ乳化のものだな」

「咲村君が環境設定をして、時間を追って私がアスタキサンチンの分散状況を電子顕微鏡でつぶさに調べました」

「それで」

「結果は思わしくありません」

舞子は表情を曇らせた。

「一五〇ナノメートルのものは三〇〇ナノメートルのものに比べて半分の寿命しかないんです」

悠人は、アスタキサンチンの粒子の大きさと八〇％残存日数を示すグラフを見せた。

そこには粒子が小さくなればなるほど、残存日数が短くなることが如実に示されていた。

「ということはナノ化すればするほど体内への吸収は進むが、それではアスタキサンチンが不安定になるってことだな」

「ええ、当然の結果だと言えます。ナノ化すればするほどアスタキサンチン全体の表面積が増大し、それが水の中の酸素の影響を受け、酸化してしまうからだと考えられます」

「まあ、それも予想通りですね」

磯江が話に加わってきた。

「ええ、そうです。こうやって予想通りの解析結果が出たことは喜ばしいことです。克服すべき課題が見つかったわけですから」

悠人は言った。

「そして予想通りと言えば、アスタキサンチンの抗酸化力の検証結果も出たんでしょう?」

磯江が言った。

「ええ、これです。私が撮影しました」

舞子が二枚の写真を見せた。黒い宇宙に赤い星が浮いているような写真だ。一枚は丸いままの赤い星、もう一枚はなにやら流れ星のように形が崩れてしまっている。

「ほほう」

磯江が感嘆の声を上げた。

「説明してくれよ。この赤い星はアスタキサンチンかい?」

鎌田が聞いた。

「じゃあ、私が説明します」

悠人は、写真を舞子から受け取った。

「アスタキサンチン乳化液の中で人工細胞に人の細胞を傷つける紫外線を一定時間照射してみました。これがその結果です。細胞は破壊されず、まったく障害も受けていません。きれいな丸いままです。ところがアスタキサンチン乳化液の中にない人工細胞は、このように無残に破壊されてしまいました」

悠人は、流れ星のような写真を示した。それは紫外線によって細胞膜が破壊され、細胞内のDNAなどが外に流れだしている姿だったのだ。

「すごいなぁ」

鎌田が声を上げた。

「さすがに自然界でこれ以上はないと言われる抗酸化力ですね」

磯江は写真に見入っている。

「課題は見えたってことだな」

いつの間にか大野が加わっている。

「ええ。アスタキサンチンの抗酸化力も検証されましたし、ナノ化すればするほど体内吸収力も優れている。しかし、保存安定性に欠けるというわけです。このまま化粧水に応用すると、いつの間にか効果のないアスタキサンチンになってしまいます」

「アスタキサンチンの安定化剤が、なかなか適当なものが見つからないので苦労しています。我が社の保有する自然由来の物質で、アスタキサンチンの抗酸化力を弱めることなく、その酸化を防止することができるもの……。それを見つけだすのが急務です」

舞子が言い、眉根を寄せた。

彼女は連日、アスタキサンチン乳化液に安定化剤を付与して、その経過を調べていた。

「さあ、磯やん、出番ですよ」

大野がからかうように言った。

「私、ですか？」

磯江が笑みを浮かべた。

「フィルム製造管理のプロでしょう。どんな困難な課題にもちゃんとヒントを与える人じゃないですか？」

「大野さんにそこまで言われると、頑張りたくなりますね」

「なにかヒントをください」

舞子がすがるように言った。

「酸化を防ぐ物質であるアスタキサンチンの酸化を防ぐっていうのは、矛盾のようですが、プロテクターを着せてやって、より安定して長期間、強い抗酸化力を発揮してもらうことですね。フィルムも同じ課題を負っていましたね。せっかく素晴らしいカラーフィルムを作っても酸化してしまえばおしまいですからね。使い物になりません」

「そうだよ。だからとにかくありとあらゆる酸化防止剤を試したもんだよ」

「ねえ、高木さん。油溶性の酸化防止剤ばかり試しているんじゃないですか」

「はい、アスタキサンチンは油に溶けていますから。油溶性の食用酸化防止剤を次々と試しています。一部、効果のあるものも見つけたんですが……」

「水溶性がいいんじゃないですか？　乳化液には圧倒的に水分が多いわけですから。水溶性の酸化防止剤を試してください。そして私の経験から言いますと、ある種のビタミンCがよいのかと思いますね。酸化防止剤としてビタミンCは最もよく使用されるわけですからね」

舞子は、磯江の言葉を聞き、なにか思い当たるところがあるのか、小さく何度も頷いた。

「わかりました。水溶性のビタミンCですか……。早速、試してみます」

舞子は駆けだすように自席に戻った。

「よいヒントじゃないですか」

大野は磯江に言った。

「研究者というのは自分の思い込みの迷路に入りがちです。ちょっと視点を変えてみるというのは大事ですね。ところでコラーゲンの方は進んでいますか」

「こっちは順調ですよ。コラーゲンも表皮、真皮、皮膚細胞に浸透する三種類を作れそうですよ。それぞれの必要とする場所にコラーゲンを提供できるんじゃないでしょうか」

「それはいい。それこそコラーゲン配合と言えますね」

「さすがに大野さんはコラーゲンのプロですよ。解析結果も素晴らしいデータが出ています。人工皮膚モデルを使った実験では、それぞれの大きさのコラーゲンが、それぞれの場所に到達し、そこの細胞を修復したり、活性化させたりしています。驚きです」

「みなさん、発表する九月まであと二カ月しかありません。それまでに自信の持てる製品を作りあげましょう」

「アスタキサンチンが安定さえすれば、それにコラーゲンやアミノ酸など皮膚に張りや艶、潤いを持たせる成分を加えたら最高の化粧品になるぞ」

大野が弾んだ笑みを浮かべた。

「香りも重要ですね。豊かな薔薇《ばら》の香りがいいでしょうね。香りは心を豊かにし、癒してくれますからね」

悠人は、薔薇園を思い浮かべていた。その中で優雅に踊っている美しい女性……。

「そうそう、戸越さんが呼んでいました。忘れるところでしたよ。咲村さん、所長室に行ってください」

「私を、ですか」

悠人は、自分を指差した。

「ええ、相談があるとかおっしゃっていました」

「相談？　なんでしょうかねぇ」

悠人は、思い当たることはなかった。

悠人は所長室に行った。所長室といっても小さな応接室だった。戸越の机と、ソファがあるだけだ。研究所の所長の時は、もっと広い部屋で大きな机を使っていた。しかし、戸越はそんなことにはまったく頓着《とんじゃく》していなかった。自分を飾る余計なものに関心がないのだが、それが戸越の魅力だった。

「お呼びですか？」

悠人は、机に向かっている戸越に言った。

戸越は読んでいた書類から目を離し、顔を上げると、「いつだったか、君から相談を受けたことがあったな」と言った。

　悠人は、どんな相談だったか思いだせない。戸越がなにを言いだすか、不安な気持ちになった。

「君の同期で営業をやっていた男がいただろう。会社を辞めたいとか、迷っていた男だ」

　悠人はどきりとした。三井健太のことだ。何気なく戸越に話をしてしまった。健太のためにも頑張りますという内容だった。相談というより、社内で先行きに不安を抱《いだ》いている同期社員がいるという実情を伝えたかったのだ。健太にマイナスになるような事態が起きたのだろうか。

「三井健太のことだと思いますが、なにか問題でもありましたか？」

「彼は、まだ会社を辞めたいなどと考えているのかな」

「化石プロジェクトのことを話して以来、会っていません。あいつは生粋《きっすい》のフィルム営業で、誇りを持っていますから」

　化粧品を作ると言った時、健太が激しく怒りを顕《あら》わにしたことを思いだした。今も化粧品を毛嫌いしているのだろうか。

「営業マンとしての実力はどうかな？」

「それはすごくできる奴です」

「そうか……」

戸越はなにかを考えている様子だ。

「本気で辞める気はないと思いますが……。あいつは日本写真フイルムを愛していますから」

「化粧品には関心があるかな？」

「それが……。化粧品を売るためにこの会社に入ったわけじゃないと言われました」

「そうか、面白い奴だな」

戸越は怒るどころか、楽しそうに笑いだした。

「健太になにか……」

悠人は警戒気味に言った。戸越の真意がわからない。

「君から話を聞いて、調べてみたら、なかなか優秀で骨のある奴みたいだな。彼は化粧品の営業をやらないかな」

「健太が化粧品を売るんですか？」

「力のある奴にやらせたいんだ。まったく新しい分野だからな。俺が説得してもいいぞ」

戸越は目を輝かせた。

「所長自らですか」

悠人は驚いた。

「化粧品製造の目途がつき始めた。これを売らにゃいかん。いい製品、今までにない製品だとは思う。しかし売れなくてはなんにもならない。残念ながら俺にはどうやって売ったらいいか、ノーアイデアだ。いいものを作ることばかりやってきたからな。いいものさえ作れば売れた時代は終わったというアドバイスを受けた。それは正しいと思う。どうやって売るか、どういう宣伝をするか、考えないといけない」

「営業部や宣伝部に相談をしないんですか」

「当然するさ。しかし、彼らにとっても未知の分野だ。上手く行くかどうかはわからない。今まで我が社は全国津々浦々に営業拠点を設けてきた。そして製品は特約店を通じて販売してきた。我が社は製品を特約店に卸す。特約店が小売店に卸す。小売店が消費者に販売する。代金の回収は、逆に流れる。我が社は、代金回収という商売の基本をやらなくてもよかったんだ。これは上手いシステムだった。代金回収の苦労をしなくていいんだからな。今度の化粧品は難しいと思うんだ。今までのフィルムのルートは使えない。新しい売り方を考えなくちゃならない」

「営業部や宣伝部に任せるだけではなく、自分たちでも考えようというわけですね」

「そうだ。その仕事を、彼にやってもらいたいと思ったんだ。辞めたいと思っている社員を翻意させるのも化石の仕事だからな」

戸越はにやりと笑った。

「ありがとうございます」

悠人は頭を下げた。健太が化粧品販売に興味を示すかどうかはわからない。しかしまったくの新規業務だと言えば、興味を持つかもしれない。それよりもなにより も上手く行けば健太を辞めさせないで済む。

「説得してくれるか」

「はい」

悠人は力強く言った。

「鎌田を説得した要領で、よい人材をスカウトしてくれ。頼んだぞ。化石プロジェクトは我が社の埋もれた人材を生かすプロジェクトなんだからな」

「絶対に健太を化石プロジェクトに引き入れます」

「俺が必要ならいつでも言ってくれ」

戸越は悠人の肩を軽く叩いた。

「さっそく三井健太をリクルートします」

悠人は嬉しかった。健太に向かって、自分がなんとかすると大見得《おおみえ》を切ったことがあった。それが実現するかもしれないからだ。

最終章　アスタラブ発売

1

舞子は、磯江のアドバイスを受け、何十種類もの水溶性の酸化防止剤をアスタキサンチン乳化液に加えて、実験を繰り返した。

アスタキサンチンの抗酸化力を弱めないでナノ化を維持できるかが大きな課題だ。この課題を解決しない限り、化粧水に応用できない。

そしてついに最適な酸化防止剤を見つけたのだ。

「高木さん、このデータを見てください」

悠人は、興奮して乳化液の解析データを見せた。

「いい結果が出たの？」

舞子の顔が赤らんでいる。毎日、夜遅くまで実験を繰り返し、データを検証しては、ため息ばかりをついていたからだ。いったい幾種類の酸化防止剤を試したことだろう。アスタキサンチンという物質はなんて扱いにくいのかと夢にまで見る始末だった。

「この乳化液には、最初、油溶性のビタミンEである食用酸化防止剤のトコフェロールを加えていました。しかし、それだけではアスタキサンチンの酸化防止は十分ではなかったですね」

「そうよ、だからビタミンCであるアスコルビン酸ナトリウムを加えてみたのよ」

舞子は、じれったいという表情をしていた。もったいぶらないで早く結果を教えてほしいのだ。

「この解析データによりますと、酸化防止剤をまったく加えない場合は、二十五度の環境で数カ月でアスタキサンチンは酸化してしまうという結果になります。トコフェロールを加えただけでは半年も保《も》ちません。そこでアスコルビン酸ナトリウムを〇・一%加えましたね。それだと一・五年程度は保ちますが、それでもこのように半年後からは急減します」

「そうよ。それで思いきってアスコルビン酸ナトリウムを一%にしてみたのよ。早く結果を見せてよ」

「ジャジャン！」

悠人は、細かい数値が並んだデータを舞子に見せた。

「この通りですよ」

そのデータは、二十五度の環境下でアスタキサンチンはまったく酸化せず、残存率一〇〇%を示していた。

「すごいじゃない」

舞子が興奮した。

「最高ですよ」

悠人も興奮気味に言った。

「だけどな、もう一工夫なんだよ。舞子ちゃん」

鎌田がひょっこり顔を出した。

「なんですって。ようやく見つけた酸化防止剤の理想的配合にケチをつけるんですか」

舞子は悠人からデータを摑《つか》み取ると、鎌田の前に突き出した。

「鎌田さんの言う通りなんです」

「咲村君、なに言ってるのよ。さっき、最高って言ったばかりじゃないの」

「怒らないでください。これを見てください」

悠人は別のデータを見せた。

舞子は、それを奪い取ると紙に穴が開くのではないかと思われるほど見つめた。そして、ああっと、小さく叫び、肩をがっくりと落とした。

舞子は泣きそうだ。

「どうして……」

「アスコルビン酸ナトリウムを加えれば加えるほど、アスタキサンチンのナノ化が凝集《ぎょうしゅう》してしまうんだ」

鎌田が表情を曇らせた。

データは、アスタキサンチンのナノ粒の大きさがアスコルビン酸ナトリウムの添加量に比例して大きくなってしまうことを示していた。

「残酷ね……」

舞子が呟《つぶや》いた。その表情は疲労感で曇り、目には涙が滲《にじ》んでいた。

「アスコルビン酸ナトリウムがナノ化物の表面の乳化剤の配列を乱してしまうのかもしれないな。舞子ちゃん、がっくりするな。ナノ化のプロの俺がなんとかするから。アスタキサンチンの酸化防止は完璧なんだ。あとは乳化剤を工夫すればいいんだ。一歩一歩、最高のものに近づいているさ」

鎌田が、舞子の肩を軽く叩いた。

「もう少しですよ」

悠人も言った。

「そうね。ここで諦めたらダメね。最高の化粧品を作ろうとしているのに、なんだか目の周りの小じわが増えちゃったわ」

舞子が涙を拭《ぬぐ》って、笑った。

「大丈夫でしょ。我々が作る化粧品でつやつやハリハリの肌になりますよ」

悠人は笑みを浮かべた。

「おい、咲村。そろそろあいつが来る時間だろう？」

戸越が研究室のドアを開けて、顔を出した。

「はい」

悠人は言った。

健太がここに来る。戸越から化粧品の販売に関わるよう直接、説得してもらうつもりだ。

「所長室で待っているからな。来たら案内してくれ」

「わかりました。首根っこをつかまえて連れていきます」

「期待しているからな」と言い、戸越は、ドアから半身だけ研究室内に入れ、「おい、高木君、顔色悪いぞ。きれいな顔が台無しだぞ。気に病むな。なんとかなるから」と微笑《ほほえ》んだ。

「はい。すみません」

「何事も一難去ってまた一難だ。それを乗り越えるから人生は楽しいんだよ」

「頑張ります」

舞子は、眼鏡を外して、目を拭った。

戸越は、だれがどんな壁に突き当たっているかなにもかも把握している。リーダーというのは、見ていないようで現場の状況を確実に把握しているものだ。

ドアが閉まり、戸越の姿が見えなくなった。

「ちょっと出てきます」

悠人が言った。

「だれが来るんだ?」

鎌田が聞いた。

「同期の三井健太です。営業のやり手です。化粧品の販売をやってもらうんです」

「そうか。いよいよだな。俺たちも早く製品を完成させようじゃないか」

鎌田が唇を引きしめた。

2

「君は、間違っている」

戸越の声が大きくなった。

「なにが間違っているんですか？」

健太が顎《あご》を上げ気味に戸越を睨《にら》んだ。

「私はね、ずっとフィルムを作ってきたんだ。その私が化粧品を作るんだ。その決意を見れば化粧品が如何《いか》に重要か、また我が社の技術の粋を集めたものかわかるだろう。フィルムが化粧品そのものなんだ」

「でも僕は、フィルム営業一筋でした。化粧品を売る気はありません」

「私だってフィルム製造一筋だぞ」

「そう言われると困るんですが……。でも我が社が化粧品をやるなんて信じられません。上手《うま》く行くはずがないと思います」

「健太、言い過ぎだぞ。ここでは日夜、今までにない化粧品を作ろうと努力しているんだ」

悠人は、健太に強く言った。

「わかっているさ。一生懸命頑張っているのと、上手く行くかどうかは別だろう」

健太が反論した。

「三井君、君はフィルム営業一筋だと言ったね」

戸越が、急に優しい口調になった。

「ええ、言いました」

健太が、戸越の態度の急変に戸惑い気味の表情を浮かべた。

「それは諸先輩が作ってきた道をたどっているだけじゃないかな。自分で新たに切り拓《ひら》いたかい？」

「勿論《もちろん》です。新規開拓とか必死でやりました」

健太がむきになっている。

「君は、咲村君と同じ平成元年入社だ。そのころは数年前に我が社の『写ッターチャンス』が大ヒットし、まさにいけいけどんどんの時代だった。我が社の製品に対する信頼も十分だった。デジタルの時代は、そこまで来ていたが、まだまだフィルムの未来は輝いていた。よく考えてみてほしい。そこに至るまでの道は、苦難の道だった。君は、入社以来努力したかもしれないが、それは諸先輩たちの努力に比べると、ほんの小さなものじゃないかな」

「そんな……」

健太が顔をしかめた。反論をしたいのだが、上手く言葉が出ないのだ。

「これはなにも君だけに言えることじゃないさ。私だって同じかもしれない。私は昭和四十八年の入社だ。そのころは、すでに我が社も立派な企業だった。私がフィルム一筋と言ったって、やはり諸先輩の後を追いかけていたに過ぎないかもしれない。これは私たち、日本中の現役のサラリーマンのほとんどに言えることかもしれない。私たちは、今、諸先輩たちの遺《のこ》した財産で食べているとも言えるんじゃないか。自分たちでゼロからスタートしたことがあるだろうか？」

「そういう理屈も成り立ちますが……。自分なりに頑張っています」

健太はかろうじて反論した。

「頑張っているだろう。だけどゼロからやってみたことはない」

戸越が強く言った。

「僕は戸越さんの意見に賛成だね。バブル入社と言われてのんびりと諸先輩の遺した財産の上に胡坐《あぐら》をかいていた気がする」

悠人が言った。

「しかし、今、我が社はその諸先輩たちの遺した財産を食い潰《つぶ》してしまいそうになっているんだ。そこでまだ財産がなんとか残っている間に新たな財産をゼロから作りあげなくちゃならない。それが私たちの役割なんだ。三井君、君はゼロから我が社の財産を作りあげたくないか。君がその最初の男になるんだぞ」

「どうして僕なんですか？　咲村からお聞きになっているかと思いますが、僕はこの会社から逃げだそうと考えているんですよ」

健太が苦しそうに言った。目から勢いが失われている。

戸越が笑った。

「なにがおかしいんですか。僕は、真剣に考えているんです。フィルムを作れなくなる会社にいてもしかたがない。僕は写真が好きで、好きで、日本写真フィルムが好きで、好きで……」

健太は今にも泣きだしそうだ。

「辞めてしまおうと思うのも情熱だ。その情熱をゼロから未来へ遺す財産作り、つまりは化粧品だが、それに向けてくれよ。我が社には、君のように情熱の方向づけを迷ってる社員がたくさんいる。そんな中で君が迷いを捨て、私たちと一緒にやってくれれば、多くの社員にいい影響があると思う。だから君なんだ」

戸越が健太の手を取った。強く握りしめた。

「健太、やろうよ。もうすぐ課題を克服して化粧品ができるんだ」

悠人も強く言った。

「僕がなにか役に立つでしょうか」

健太の目に力が戻ってきた。

「君のことを、ちょっと調べさせてもらった。君はなかなか実力がある営業担当者だという評価だ。大いに役立つと期待しているさ。私たちは化粧品という我が社にとって未知の製品を売らねばならない。それはフィルムで培《つちか》ったノウハウが生きる世界ではない。まったくゼロから築きあげねばならない。そこで君がプランを立て、宣伝部や営業部を動かしてほしいんだよ。やってくれるか」

健太の手を握る戸越の手に力がこもった。

「健太、一緒にやろう」

悠人が言った。

「ありがとうございます」

健太が頭を下げた。

「やってくれるね」

戸越が念を押した。

「はい」

健太が目を輝かせた。

「よかった。健太が営業計画を立ててくれるなんて、製造する俺も力が湧いてくるよ」

悠人が笑みを浮かべた。

「実は、僕は悠人が羨《うらや》ましいと思っていました」

健太がうつむいたまま言った。

「ええっ、なんだよ、それ」

悠人が苦笑いした。

「化石プロジェクトに入ってからの悠人はなんだか生き生きとしていて……。変わったなと思っていました」

「そうかなぁ。そんなでもないと思うけど」

「いや、明らかに変わったよ。今までなにを考えているんだかわからない感じがしていたけど、今では目つきまで違っているからね」

「咲村は、そんなに変わったかね。目つきまでね」

戸越が笑った。

「僕も、なにかできることはないかと、内心では焦っていたんです。お声をかけていただきありがとうございます」

健太は晴れ晴れとした表情になった。

「咲村が変わったとすれば、ゼロからなにかを生みだそうとしているからだ。そしてそれが日本写真フイルムという『われわれ』のためになるからだよ。『わたし』を越えて『われわれ』のために働くことこそ喜びだという自覚が持てたんだな」

「『わたし』を越えて『われわれ』のために働くことこそ喜び……。戸越さん、いいこと言いますすね」

悠人が感心して大きく頷《うなず》いた。

「ばか、俺はいつもいいことを言っているぞ」

戸越が悠人の頭をコツンと軽く叩いて、笑った。

3

「咲村、これを見てみろ」

鎌田が電子顕微鏡を指差した。

「えっ、もしかしたら。成功ですか」

悠人は急いで顕微鏡を覗《のぞ》いた。そこにはアスタキサンチンのナノ化粒子の周りに複数の乳化剤の粒がきれいに並んでいる。

「きれいですね」

「そうだろう。これだけきれいに並べば、アスタキサンチンが水の中で固まってことはないはずだ。解析してくれ」

「わかりました」

悠人は顕微鏡から目を離し、「高木さん、これを見てよ」と舞子を呼んだ。

「どれどれ、私にも見せてよ」

舞子は悠人に代わって顕微鏡を覗いた。

「わあ、本当にきれいね。まさに芸術ね」

「幾つかの乳化剤を配合してみたんだ。これでアスコルビン酸ナトリウムを添加した際の乳化安定性を解析してみてくれ。上手く行くと思うよ」

鎌田は自信を見せた。

「ありがとうございます。さっそくやってみます。咲村君、やりましょう」

「はい。やりましょう」

悠人は、舞子と協力して鎌田から提供されたアスタキサンチン乳化液にアスコルビン酸ナトリウムを添加し、時間を追ってアスタキサンチンのナノ化粒子の変化を調べた。

舞子は慎重にアスコルビン酸ナトリウムの量を計測し、添加していく。

「ドキドキするわね」

舞子にしてみればせっかくアスタキサンチンの酸化を防止する決め手を見つけたのに、それが乳化安定性を阻害するために使えないとなると、また一からやり直しになってしまう。そんなことには耐えられない。

「僕も同じです」

あまり残された時間はない。のんびり屋の悠人でもいくらか焦らないではなかった。健太が営業計画立案に加わってくれることになった。早く製品を提供してやりたい。

舞子は、アスコルビン酸ナトリウムの添加量別の乳化液を悠人に渡す。悠人はそれを解析機にかける。

〇・一％、〇・二％……。

一％のアスコルビン酸ナトリウムを添加した場合が最もアスタキサンチンが酸化せず、残存率が高いという結果が出ている。

ところがここまで添加すると凝集、すなわち固まってしまうのだ。添加量を少なくすれば、凝集を防ぐことができるが、それではアスタキサンチンを酸化させてしまい、抗酸化力が落ちてしまう。

果たして鎌田が苦心して配合してくれた乳化剤が安定性を増してくれているだろうか。

「高木さん……」

「どう？　調子は？」

「ダメですね」

「ええっ、ダメ！　ダメなの！」

舞子が悲鳴を上げた。

「嘘です。大丈夫ですよ。このデータを見てください」

悠人は、にやりと笑った。

「嘘なの！　騙《だま》したの！」

舞子は悠人からデータを奪い取った。

「やったわね」

舞子の顔がみるみる明るくなった。

「一一〇ナノメートルのアスタキサンチンのナノ化粒子はまったく凝集していないわ」

「やりましたね。こっちのデータも完璧です」

悠人が見せたのは、温度による影響を検査するために二十五度の環境下でのアスタキサンチンの凝集を解析したデータだ。

「完璧ね。まったく凝集していないわ」

黒縁眼鏡を指先で摘まみあげ、舞子は胸を張った。

二十五度保存で想定年数二年以上経過してもまったく凝集していない。これだけの期間にわたって乳化安定性が保てれば、化粧品にこのアスタキサンチン乳化物を配合しても抗酸化力が衰えることはない。

一一〇にナノ化したアスタキサンチンが最も体内吸収率が高いことは以前の解析

結果が証明している。いつまでも抗酸化力が劣化しないアスタキサンチンが体内に取りこまれることで肌の酸化、すなわち劣化が効果的に阻止できるだろう。

「やりましたね」

悠人はガッツポーズをしてみせた。

「上手く行ったみたいですね」

磯江が穏やかな笑みを浮かべてやってきた。

「よいデータが出たか」

鎌田が来た。

「鎌田さんのおかげです」

舞子が礼を言った。

「なにを言っているんだ。舞子ちゃんが頑張ったからだよ。俺の使い古した乳化技術が役立ってなによりだよ」

鎌田が照れくさそうに言った。

「俺が開発したナノ化コラーゲンとそのアスタキサンチン乳化液を配合したら最高の化粧品ができるぞ」

大野が力を込めて言った。

「私の方は、協力会社さんとレシピ作りを始めますよ。香りはどうするのか、コラーゲンやアスタキサンチンの配合を決めねばなりません」

磯江が言った。

「容器も大切ですよ。容器のデザインで引かれることがありますから」

舞子が言った。

「環境に配慮した容器を考えたいですね。その方が消費者にアピールするでしょう」

磯江が言った。

「名前はどうするんですかね」

大野が腕を組んで首を傾《かし》げた。

「やっと材料の目途《めど》がついたと思ったら、次から次とやるべき課題がありますね」

悠人が嬉しそうな顔をした。いよいよ本格的な製造工程に入ることができる。

「いずれにしてもこれだけ小さくナノ化したアスタキサンチンを配合した化粧品はどこも作れないはずです。これは私たちの強烈なアドバンテージになるでしょう」

磯江が言った。

「ただ一つの心配は……」

舞子が呟いた。

「高木さん、心配なことがあるの？」

悠人が聞いた。

「使う人、消費者の反応よね。私たちは作る側の論理でいいものを作ったと思うけど、使うのは消費者だから……。どんな印象を持つかしら、この赤く透明な液体にね」

「心配は無用ですよ。こんなに効果が高いんですから」

悠人は舞子を励ました。

「そうだといいけど。私、化粧品を使うけど、赤いものは使ったことがないから……」

舞子はさきほどの自信たっぷりの様子から一転して、表情を曇らせた。

「まあ、案ずるより産むが易《やす》しと言いますからね。まずは試作品を作ってみて、モニタリングしてみましょう。とにかく今日は、とんがった原材料であるアスタキサンチンを克服した記念すべき日です。戸越さんにもこの結果を報告して、一杯飲ませてもらいましょうか」

磯江の提案に誰もが賛成の声を上げた。

4

「これ、なかなかの優れものよ」

朝食を食べていると、尚美が小さな瓶を二つ持ってきた。両方とも悠人が渡した試作品の瓶だ。

「使い心地がいいかい？」

悠人は食事の手を止めた。

「ええ、両方ともなかなかのものよ。最初は、あなたが作ったっていうから、恐る恐るだったけどね。ゴージャスで気持ちがよくなるわ」

「どっちがいい？」

「うーん、難しいけど。好みはこっちね」

尚美はオレンジ色をした方を示した。アスタキサンチンを配合した方だ。アスタキサンチンの量を少し抑制したためオレンジ色っぽくなっている。もっと量を増やせば、赤く透明なアスタキサンチンそのものに近づくのだが、そこまでは踏み切れなかった。赤い化粧品というのが世の中に存在していなかったことが、さすがに悠人たちを躊躇《ちゅうちょ》させたのだ。いくらとんがったものを作ろうと思っていても消費者の反応が怖かったのだ。

「もう一方の方は？」

もう一つの瓶に入っているのは、大野が中心に開発した三種類のナノ化したコラーゲンに、十五種類の肌に効果があるアミノ酸を配合したものだ。透明だ。

「こちらもいいけど、さらにこっちの方が張り感というか、翌朝、ぷるるんとしている感じがするのよ」

尚美が頬を指で押さえた。

「どれどれ？」

悠人も尚美の頬を指でつついた。弾力がある。

「わかる？」

「わかる、わかる」

本当にどうなのかはわからないが、確かにぷるるんとしているような……。

尚美が笑った。

「なにがおかしい？」

「男の人にはわからないわよ。朝、起きた時に肌がなんとなくしまりがないと力がなくなるんだけど、今日みたいに張りがあると、得したみたいで一日元気でいられるのよね」

「そんなものなんだ」

悠人は化粧品の持つ不思議な効果に感心した。肌ばかりではなく心まで張りを持たせるのだ。

「今まで使っていた化粧水とは違うの？」

「ええ、今までのはこれだけどね」

尚美は他社の化粧水をテーブルに置いた。有名メーカーのものだ。

「これよりいいんだ」

「断然いいわね。なにもお世辞で言っているんじゃないわよ。半信半疑で使ったんだからね」

実際、研究室で作りあげたレシピを基に協力会社と一緒に作った試作品を持ち帰って、尚美に使ってみてほしいと頼んだ時、あまりいい顔をしなかった。

悠人の頼み方が自信に溢《あふ》れたものでなかったからかもしれない。大丈夫なの？と聞く尚美に力強く大丈夫と言えなかった。原材料は肌によいものばかりだと知ってはいるが、それでも化粧品は直接肌に塗るものだ。たとえどんな些細《ささい》なことであっても失敗は許されない。

「よかったよ。満足してもらえてね」

「言葉は悪いけど、人体実験成功ってことね」

尚美が微笑んだ。

「この色はどう？」

悠人は、オレンジ色の液体を指差した。

「あまり気にならないわね」

「そう？　でもこんな色の化粧水ってないだろう？」

「だけど、効果がある方が大事ね。このオレンジ色っぽいのはちょっと中途半端かもね」

「中途半端？」

「もっと真っ赤でもいいいんじゃないの？」

「ええ、ほんと？　刺激的すぎないかな？」

「赤ってパワーがある感じがするから、いいんじゃないのかな」

「貴重な意見をありがとう。参考にするよ」

「社内の女性社員の人たちもモニターになっているの？」

「ああ、そのあたりは健太が中心となってやっているんだ」

「健太って、三井さん？」

尚美が意外だという表情をした。

「ああ、そうだよ。同期の三井健太さ」

「あの人も化粧品に関係しているの」

「彼が営業企画を担当しているのさ。今回のモニタリングも彼がまとめることになっているんだ」

「辞めるって心配していたじゃないの？」

「説得したのさ。今じゃ、化石プロジェクトの重要なメンバーさ」

悠人は、健太の顔を思い浮かべた。

健太がやる気を出してくれたことだけでも化石プロジェクトの意味があったのではないかと思った。

「会社に行く」

「どうしたの。まだ早いわ。食べ終わっていないし」

「早く君の意見をみんなに伝えたいからね」

＊

「華岡青洲《はなおかせいしゅう》の妻になったわよ」

和子が笑みを浮かべている。

戸越は、出勤前でヒゲを剃《そ》っていた。

華岡青洲とは、妻を被験者にして麻酔薬を完成させた医者として知られている。

「試作品を試してくれたのか？」

「試したわよ」

「どうだった？」

「どう答えてほしい？」

和子が小首を傾げた。相変わらず一筋縄でいかない女性だ。

「どうって、素直な意見が一番だよ」

戸越はヒゲを剃り終え、顔を洗った。

「答え1、使い心地が悪い、答え2、まあまあ。答え3、抜群、最高、ぷりぷり張り張り。さあどれでしょう？」

和子がポーカーフェイスになった。答えを悟られないようにしている。

「俺としたら答え3と言いたいがね。どうなのかな」

「心配？」

和子がじっと戸越を見つめた。

「少しね。君は評価が厳しいから」

「ではお答えします。答え1」

「えっ、答え1！　ダメか」

戸越は狼狽《ろうばい》した。

「嘘よ」

和子が笑った。

「脅かすなよ。心臓が止まりそうになったよ」

「答えは3よ。抜群ね。今までにない張りを感じたわ。触ってみて」

和子が頬を戸越に向けた。戸越は、恐る恐る指先を和子の頬につけた。確かに弾力が感じられる気がする。

「どう？」

「うん、確かにぷるんとしている気がする。でも以前がどうだったか、俺には正確に比較できない」

戸越は言った。

「馬鹿ね。妻の肌を興味深く触っていないで女の化粧品作るな」

和子がいたずらっぽく笑って、戸越の額を指先で弾《はじ》いた。

「いてっ！」

戸越が顔をしかめた。

「あなたも使ってみなさいよ。今、ヒゲを剃ったところだからちょうどいいわ。アフターシェイブローションの代わりよ」

「いいかな」

「絶対にいいわよ。ヒゲ剃り後って肌が傷んでいるから、あなたにもわかるかも」

「どっちがいい？」

「こっちのオレンジの方がいいわね。こちらの方が肌に浸透する感じがするわ」

戸越は言われるままに試作品を手に取り、ヒゲ剃り後の顔につけた。よい香りがする。べたつきもない。さらりとしてよい感触だ。いつも使っているアフターシェイブローションのように肌への刺激もない。つけ終わった後の肌を触ってみる。つるつると心地よい。

「どう？」

「うん、いいみたいだな」

「そうでしょう。この化粧水、私たちの年代にぴったりよ。潤いをなくしちゃっている女たちの強い味方だわ」

「そんなことないさ。君にはまだまだ潤いがあるよ」

戸越は片目をつむった。

「お上手なこと」

また和子が戸越の額を指先で弾いた。

「いてっ！」

＊

珠希は大股《おおまた》で歩いていた。鉄鋼会館にある記者クラブの重工クラブに向かっていた。

「重工クラブに女性記者はいるかな？」

名前からして重々しい、重厚長大な会社ばかりを担当している古手の記者が思い浮かぶ。

なぜ珠希が重工クラブに向かっているかと言えば、そこに所属している記者たちが化粧品を担当しているからだ。

彼らは鉄鋼業を中心に取材しているが、薬品、化学品と並んで化粧品もカバーしている。

「鉄と化粧品なんて、どんな関係があるのだろう。鉄の担当者に化粧品のことを説明してもわかってくれるのかな」

珠希は愚痴《ぐち》った。

今は、デジタルカメラなどの精密機械担当の記者と親しく付き合っている。しかし、化粧品のことを記事にしてもらおうと思ったら、重工クラブとも付き合わねばならないのだが、知り合いは誰もいない。珠希は不安だった。記者は、親しい企業広報から頼まれれば、魚心に水心で記事を書いてくれることがある。しかし、知らない記者ばかりだと記事を書いてくれる可能性は少ない。

珠希は、今すぐに記事を書いてもらいたいわけではない。九月に化粧品を発売する際にまったく予備知識のない記者ばかりでは、トンデモ記事になるか、無視されるかどちらかだ。そのためにも重工クラブとの関係を強化しておくのは広報の仕事だ。

珠希は、バッグの中に日本写真フイルムの化粧品開発の考え方を書いたブリーフペーパーを入れていた。それに新製品の試作品も。もし女性記者がいたら無理にでもモニターになってもらうつもりだ。

「すみません！」

勢いよくクラブに飛び込む。反応がない。新聞社やテレビ局ごとのブースがあるが、誰もいない。がらんとしている。

「記者会見でもやっているのかしら」

珠希は一人でも留守番の記者がいないかと探しながら中に入る。

「だれ？」

奥から声がする。

「すみません。日本写真フィルムです」

珠希は声のする方向に歩きだす。応接セットが置いてあるところに新聞を広げている男性記者がいる。

「写真屋さんが何の用かな？」

記者は新聞から目を離さない。

「新分野に進出することで説明に参りました。お時間をいただけますか？」

珠希は、記者にゆっくりと近づいた。

「化粧品、上手く行ってるの」

記者は口角を引き上げ、にやりと笑っている。好意的な感じを受けない。

「ご存じなんですか？　我が社が化粧品をやっていること」

珠希は、バッグからブリーフペーパーを取り出した。

記者は黙ってそれを受け取った。

「我が社は、フィルムで培った技術を生かして化粧品を……」

珠希は説明を始めた。

「戸越さん、元気かな」

「戸越をご存じなんですか？」

「ああ、知っているよ。産日の塙と言えば、戸越さん、怒りだすんじゃないかな」

「えっ、なぜですか?」

「僕は御社の批判的な記事を書いたからさ。化粧品なんて邪道だよ。まあ、どうせ上手く行かないと思うけどね」

塙は皮肉っぽく言った。

「産日……、批判的記事……」

珠希は考えを巡らせた。

「『エクセレントカンパニーの落日』」

「あっ、あの、あの記事。あなたが」

珠希は口を大きく開けた。

「思いだしてくれたかい。あなたのような美人の頭に入っているなんて光栄だな」

塙は薄く笑った。

「あなたが書いたようにはなりません。これを読んでください。我が社は永遠です」

珠希は、ブリーフペーパーを塙に突きつけた。

「よく読ませてもらいますよ。次のタイトルは『化粧品事業の大失敗』かな」

塙が声に出して笑った。

「この野郎、許せない、本当に……、化粧品が成功した暁には、どんなに頭を下げてきたって取材させないわよ」と珠希は声を殺して言った。

そして私が男だったら一発お見舞いしてやったのに、と塙を睨みつけた。

＊

「この容器じゃダメですね」

磯江が珍しく厳しい表情になっている。協力工場の人間も険しい顔つきになっている。

「顕微鏡みたいなものを持ち込んで容器を検査するなんて見たことも聞いたこともありません」

協力工場の製造ライン責任者が不服そうに言った。

「容器に小さな埃《ほこり》がついているんですよ」

磯江の隣で顕微鏡と同じくらい細かなものを拡大して見せてくれる拡大鏡で、大野が容器一本一本の外側、内側を点検している。

大野が、多くある容器のうちの一つに小さな埃を発見したのだ。

「工場がクリーンじゃないんじゃないかな」

大野が眉根を寄せた。

「なに言っているんですか。十分にクリーンな状態を保っていますよ」

協力工場の責任者が反論する。

「ダメなものはダメです。どんな小さな埃でも許されません」

透明な容器に透明な液を入れる。そこに埃があれば、それは濁りになってしまう。だから磯江はたとえミクロの埃でも混入することを許すわけにはいかない。

「普通、化粧品メーカーなんてそんなにこだわりませんよ。どうせ化粧品なんて多少濁っていますから、小さな埃の一つや二つ、気になりませんよ」

「そんな無責任なことは言わせないぜ」

大野が気色《けしき》ばむ。

「私たちはフィルムを作ってきました。フィルムに、もしミクロの埃でもついていれば、それは写真になったとき、大きな点となります。そんな欠陥フィルムを世に出したことは一度たりともありません。我が社の化粧品を作るという仕事のパートナーになっていただく以上、絶対に、絶対に、埃の一つもあってはならないのです」

磯江が厳しい口調で言う。普段は穏やかな口調でしか話さない磯江がこれほどまでに厳しく言うと、相手は震えがくるほど怖いのか、協力工場の責任者ばかりでなく、他の担当も顔を強張《こわば》らせている。

「わかりました」

責任者が頭を下げた。

「容器の洗浄が上手く行っていないのかもしれません。一緒に洗浄方法を検討しましょう」

磯江が言った。

責任者は、部下に充塡《じゅうてん》ラインから容器を全部撤去して洗浄のやり直しを命じた。

「磯やん、なかなか難しいですね」

大野が囁《ささや》いた。

「ああ、なかなかですね」

磯江は容器が撤去される様子を眺めていた。これでなんど繰り返しているのだろう。

最初は、磯江たちが提供したアスタキサンチン乳化液などを配合して、レシピ通りに化粧品が作られているかどうか検査した。

すると微妙な量ではあるが、レシピ通りではないのが判明した。

磯江は協力工場の責任者に厳重に抗議した。この協力工場もまったく新たに探しだした会社だ。いろいろな評判を聞き、ここだと思った会社だった。今までフィルム製造で培った協力工場との関係は使えなかったから探しだすのに非常に苦労した。その会社がレシピ通りに作ってくれない。

「レシピ通りですよ」

協力工場の責任者は、磯江の抗議に不快感を示した。

「違います。この材料が〇・〇一%多いです」

「そんな違い、匙《さじ》加減にもならないじゃないですか。問題ないですよ」

責任者は、磯江のこだわりを馬鹿にしたかのように顔を歪《ゆが》めた。

「我が社は、最高の抗酸化力の化粧品を作ろうとしています。それは非常に繊細な配合の上に成り立っているんです。アスタキサンチンはそれだけ気を遣う材料なんです。我々の言う通りに、とにかく忠実に作ってください」

「他の会社からそんなことを言われませんよ」

「他の会社は他の会社です。関係はありません」

「いい加減にしてください。そんな細かいことを言われたらやれませんよ」

責任者は、まるで脅すような口調になった。

「じゃあ、止《や》めましょう。我が社の考え方に賛同してくれる協力工場を探します」

磯江は毅然《きぜん》と言った。

協力工場の責任者の顔が一瞬、動揺した。まさかという表情だ。

「ま、待ってください。やります。やります」

「いや、他の協力工場を探します」

「そ、そんなこと言わないでください。やります。なんとか努力します。日本写真フイルムさんの仕事を断られたなんて噂《うわさ》になったら、我が社の名折れですから」

責任者は土下座しかねない雰囲気になった。

「あの時は、必ずやると言ったんですがね」

大野が情けない表情をした。

「そうですね。出来あがった化粧品を培養して雑菌が発生した時には、さすがの私もキレましたね」

磯江が言ったのは充塡前の化粧水を取り出して、雑菌が混入していないか培養してみた時のことだ。

協力工場の責任者は、非常に嫌がった。そんなことをする会社はないと言うのだ。注意されたことはみんな守っているじゃないかと抵抗した。

しかし、磯江は、「我が社は初めて化粧品に参入するんです。とにかく完璧でなくてはいけません」と言い、培養検査を強行した。

「出ましたからね」

大野が顔をしかめた。

化粧水を取り出して培養した結果、少しだが雑菌が発生したのだ。

磯江は、雑菌で霞《かす》んだようになったシャーレを協力工場の責任者に見せた。

「よく洗っているんですが」

責任者が渋い顔で言った。

協力工場は他社の化粧品も作っている。新たな会社の製品を製造する際は、機器を洗浄するが、それが徹底されていなかったのだろうか。

「全て破棄して、最初からやり直してください」

「そんなことをするんですか。この程度ならあまり問題がないんじゃないですか。雑菌を全てゼロにはできないでしょう。他社ならよくあるケースですよ」

責任者は居直り気味の態度をした。

「我が社は、我が社です。ゼロじゃないといけません！」

磯江は声を荒らげた。

「フィルムで雑菌なんかが○・○○○○一でもあったら写真は写らん！」

大野も怒鳴った。

協力会社の責任者は、部下に、製造した化粧水の破棄を命じた。

「申し訳ありません」

協力工場の責任者は磯江に顔を下げた。

「でも大野さん、彼らもようやく我が社のやり方に慣れてきたような気がしますよ」

磯江は、優しく言った。

「そうですね。昼夜を分かたず頑張ってくれていますからね」

大野も協力会社の社員たちと一緒に汗をかいているから、彼らの努力がよくわかっている。彼らが戸惑うのは日本写真フイルムの基準が厳し過ぎるからだ。磯江や大野にとっては当然であっても、彼らにとってはそうではない。ただそれだけのことだ。同じもの作りの仲間だ。やり方、考え方さえ一致すれば、同じ方向に努力し始める。

「曲《きょく》なればすなわち全《まった》し、と言いますからね」

「それも老子ですか」

「ええ、曲がりくねった木ほど伐られないから身を全うできるという意味です。こうやっていろいろとトラブルが起きるほど、いいものができるんじゃないですか」

「その通りです」

「大野さん、上手く行きません」

協力工場の社員が慌てた顔でやってきた。

「どうしましたか？」

「充塡機です。液が垂れるんですよ」

こんどは充塡機のトラブルだ。

「化粧品は粘度があるんで、なんというか、液切れが悪いというか、ちょっと来てくれませんか。本当に微妙なんですが」

社員は弱った表情だ。

「わかりました。すぐに行きます」

大野は言い、磯江に振り向いて「頑張ってきます」と微笑んだ。

「よろしく頼みます」

製造ラインは徐々に軌道に乗りつつあった。

＊

健太は、モニターのデータをまとめていた。

社内の女性たちや化石プロジェクトのメンバーの家族などに試作品を提供して、化粧水の使い心地を試してもらったのだ。

「面白いな」

健太はデータのある特徴に気づいた。

「どうだ？　健太、モニターの反応は？」

悠人が来た。

「これを見てみろよ」

健太の机には、今にも崩れそうなほどモニターから回収したアンケート用紙が束になっている。

「すごい数だな」

「みんなしっかりとアンケートに答えてくれたよ」

「なに、しっとりして気持ちがいいです。薔薇《ばら》の豊かな香りがとても素敵です。なかなかいいじゃないか」

悠人はアンケートの一部を読んでみた。総じて好意的のようだ。夫がヒゲ剃り後に使っていますなどというのまである。

「すごい特徴があるんだ」

健太が目を輝かせた。

「このモニターにそんな特徴が？」

「そうなんだよ。これがまとめたものだ」

「ええっ、そんなに好評なのか？」

健太が見せてくれたアンケートをまとめた表には、はっきりとした特徴が現れていた。

「アスタキサンチンってやっぱりすごいんだなぁ」

健太が感に堪えない表情を浮かべた。

「こんなにアスタキサンチンを配合した方が人気があるんだね」

アンケートからは、明らかにアスタキサンチン配合化粧水の方が、張り、艶《つや》、潤いなどの評価が高いことが読み取れる。

コラーゲンとアミノ酸配合の化粧水も高い評価だが、それよりもアスタキサンチンを配合した方が圧倒的に好評だ。

「でもオレンジ色って珍しいですね、服につかないかと心配しました、なんて意見もあるね。色には抵抗があるんだろうか？」

「そりゃあるだろう。今まで無色透明か、白しかなかったんだから。でも絶対に服なんかにつかない」

「そりゃ当たり前だ。我が社の技術はそんなにヤワじゃないさ」

「そこでさ。俺、ある考えが浮かんだんだ。悠人、絶対に賛成してくれよ。俺を化粧品に巻きこんだ責任もあるんだからさ」

健太の目がますます輝き始めた。いったいなにを考えているんだろう？

「このアスタキサンチンの配合をもっともっと増やせば、化粧水は真っ赤になるんだろう？　効き目も強くなる？」

健太が迫ってきた。

「そりゃそうさ。真っ赤になる。透明な真っ赤さ。きれいなものだよ。このオレンジ色は、いきなり真っ赤はどうかなと思ったから、アスタキサンチンの配合を少し抑えたんだ」

悠人は説明した。

「それをさ、配合を増やして、透明な真っ赤にするんだ。なにもかも赤くしてしまうんだよ」

「赤い化粧品か？」

悠人には想像がつかない。

「戸越さんに提案するつもりだよ。もっとアスタキサンチンの配合量を増やして、他社の追随を許さない製品を作りましょうって」

健太は、今や悠人より化粧品にのめりこんでいるようだ。

「でもそんな赤い化粧品をどうやって売るんだ。売るのは健太の専門だけど……。まさかフィルムの流通ルートは使えないだろう」

戸越が健太をプロジェクトに誘いこんだのは、健太の営業力を期待してのことだ。なにかを考えているに違いない。

「俺は、この化粧品を通販で売ろうと思っている」

「通販？」

「化粧品というのはさ、メーカーから自社系列の販社を通じて、デパートなんかで美容部員の人がカウンセリングしながら販売しているだろう。あの美容部員の人の活躍がすごいんだぞ。彼女たちが売り上げの中心なんだ。ある化粧品メーカーが倒産した時は、美容部員だけでも引き取りたいっていう声がわんさとあったんだぜ」

「へえ……、そうなんだ」

「でも我が社は今から美容部員を養成したり、他社から引き抜いたりなんかはできない。その点、通販なら設備投資は要らない。極端な話、電話さえあればいい。それにさ、我が社の製品は通販向きだと思うんだよ」

「なぜ？」

「だってさ、フィルム会社が初めて作る化粧品だよ。お客様に、なぜフィルム会社が化粧品を作るのか、その化粧品がなぜ肌にいいのかを十分に理解してもらわなくちゃならないだろう。この化粧品を使うといいですよって提案して、理解してもらう。それには通販が一番ふさわしいと思わないか。新聞なんかで徹底的に説明してから注文を取るんだから」

「提案と理解か……。その通りだな。提案っていうのは、お客様に夢を提供するってことだな。この化粧水を使うと肌がぷりんぷりんになりますよって」

「悠人、お前、わかっているじゃないか」

「でもリスクはあるんじゃないの？　簡単に始められるってことはリスクも大きいだろう？」

悠人は表情を曇らせた。

「そりゃ、なんにでもリスクはあるさ。リスクがあるから商売が成り立つんだろう？　リスクは利益さ」

健太は意気軒昂《けんこう》だ。

「お前、変わったな」

悠人は少し呆《あき》れ顔で言った。化粧品なんか売れるかと啖呵《たんか》を切ったことをすっかり忘れてしまったのだろうか。

「根っからの営業マンなんだな、俺って。化粧品というまったく新しいジャンルで、これが我が社の技術の粋《すい》を集めたものだって戸越さんに言われてしまったら、たまらなく売りたくなったんだよ。この化粧品を使わなきゃ、一生の損ですよって、お客様に俺の強い思いを伝えたいよね。絶対に」

「いずれにしても戸越さんらと至急、相談しよう」

悠人は、健太の熱意に圧《お》され気味になった。

＊

薫子は、ドクター春風堂の猿橋広之進の社長室にいた。

名前は知らないが、非常に美しい日本画のようでいて洋画のようなタッチの絵が飾ってある。五重の塔にしだれ桜が、まるで雪のようだ。凛《りん》として、絵の中の空気が澄んでいるように感じる。

絵の右隅に署名がある。純男《すみお》と読める。

「ええ絵でっしゃろ。後藤《ごとう》純男っていいましてな。現在の最高の日本画家じゃないですかな」

はっと振り向くと、猿橋が笑顔で立っていた。

「気づかずに申し訳ありません。戸越から紹介されて参りました」

薫子は、慌てて礼をし、名刺を差し出した。

「吉見さんとおっしゃるのですか？　失礼ですが、絵に見とれていらっしゃるご婦人を眺めるのはいいものですな。黙って拝見しておりました」

猿橋はピンク色のセルロイド製の眼鏡、太り気味の身体にストライプのワイシャツ、派手な色柄の幅広のネクタイを締め、白いスーツを着ている。あまりの派手さに驚き、薫子は猿橋の視線を避けるように少しうつむいた。
「私、絵はわかりませんが、あまりに美しいので……」

「絵なんぞ、わからんでいいんです。ここやのうて」と猿橋は頭を指差し、続いて胸を指差す。「ここです」

「おっしゃる通りですね」

「化粧品もおんなじです。ここやのうて」と頭を指差し、「ここです」と、ふたたび胸を指差した。

「心、ですね」

薫子の返事に、猿橋は小さく頷き、「まあ、そこに座りなさい」とソファを指差した。

間髪いれずに女子社員が、コーヒーを運んできた。

「あんたはお客様にとっての価値とはなんやろかって考えはったことがありますか？」

「お客様にとっての価値？　私たちは、新しい価値の創造を目指していますが……」

薫子は、人々の生活の質のさらなる向上に寄与します、という日本写真フイルムの企業理念を思い浮かべていた。

「まあ、どの会社もそんな似たようなことは言います。せやけど本気でそれを考えたことはないんと違いますやろか？　なあ、吉見さん、あんたの会社の製品の価値はなんですか？」

「私たちの製品の価値ですか？　それは品質です」

薫子はきっぱりと言った。

猿橋は、まるで禅問答を挑んでいるようだ。戸越は、こんな男を紹介して、私になにをしろと言うのだろうか。

「ははは」と猿橋は笑う。「お客様は、製品なんか買っているわけやないんですよ」

「製品を買っていない？　どういうことでしょうか？」

「例えばフィルムです。あんたはフィルムを売っている。しかしお客様は、それで写した写真を見て、楽しさや悲しさを感じているやないですか。すなわちここを満たしているわけです。欲求の充足とでもいうんでっしゃろか。お客様の満足が価値というもんです」

「欲求の充足ですか」

「そうです。お客様の欲求の充足のために品質や、それぞれ作る方の努力がありますのや。そのためには……」

猿橋は、ぐっと身体を乗りだしてきた。

「そのためには……」

薫子も応じた。猿橋は、見かけは派手で、やや胡散《うさん》くさい感じもするが、話す内容は深い。さすがに一代で成りあがっただけのことはある。傾聴に値する。

「お客様の満足、欲求の充足が価値とすると、それはきわめて多くのパターンがありますんや。価格や言う人もいる。サービスやと言う人もいる。せやから一方的にメーカーが、こんなええ製品ができましたと宣伝してもあかんということです」

「では、どうしたらいいのでしょうか？」

「お客様は、どこからの情報であんたのところの化粧品を知って、買ってみて、使ってみて、満足を得るかというと、やっぱり口コミや友人の話や、信頼できる人の評判や。それでもって、あの人のようになれたらという願望が満たされた時やろね。あんたは企業広報や。化粧品の広報をされているわけやないやろ」

「はい」

「これからは今までと違うカリスマ主婦や化粧品専門のライターや、あんたのところがターゲットとしている美肌女性、せやな四十歳、五十歳になっても赤ちゃんみたいな肌をした魔女みたいな女性、美しき魔女とでもいうんやろかね、そんな人にあんたのところの化粧品を使ってもらって、大いに書いたり、しゃべったりしてもらうことやね。そうしたらお客様は、あんたのところの化粧品を買うんやのうて、彼女とおんなじになれた満足に金を払うやろね」

「はあ、美しき魔女ですか？」

「私が紹介したげるよって、安心しなさい。私から見たら、あんたもとびきりの美人やけどな」

　猿橋は微笑んだ。

　猿橋の言葉に、薫子はわずかに頬を染めたが、気を取り直し、硬い表情で「今までとまったく違うルートで、化粧品の評価をしていただくんですね」と言った。

「美しき魔女は厳しい魔女でもあるんや。アカンもんはアカンとはっきり言うから、怖いですよ。覚悟せんとね」

　猿橋の視線が強くなった。

　戸越が、猿橋を紹介したのは、薫子に企業広報だけではなく、新しく販売する化粧品の広報にも積極的に関与してほしいというメッセージだったのだ。

「覚悟します」

5

「ダメです。思いきっていきましょう」

健太が戸越や磯江らが居並ぶ中で声を荒らげた。

「今から作り替えは間に合いません」

磯江が困惑した表情で言った。

「アンケートではアスタキサンチンを配合した方が評判がいいという結果が出ています。それなら思いきってもっと多く配合して、赤い化粧品で売りましょう」

「アスタキサンチンを配合した方が評判がいいのは当然の結果だと思います。しかし、それはあくまでモニターの結果です。真っ赤な化粧品が受け入れられるかどうかは不透明なので、最初は調整して配合しました。実は、どの程度配合したらアスタキサンチンの力を最高に引きだすことができるかは、もう少し研究が必要なんです」

磯江は戸越を訴えるように見つめた。健太の意見はわかるが、初めて作る化粧品ということもあり、どうしても販売が近くなると慎重になってしまう。

「わかりました」

健太は肩の力を抜いた。

「実際に新製品を発売してみて、アスタキサンチン配合の方が評価が高く、お客様に抵抗もなければ、その時はどーんと真っ赤な化粧品に挑戦するというのはどうですか？」

悠人は言った。

「最初の発表は、あくまでトライアルだと言うのかい」

戸越の目が光った。一瞬、悠人は、その視線の強さにたじろいだ。

「ええ、勿論、化粧品に進出するという本格的な発表ですが……」

「名前もエヌ・クオリティ・ハイだなんて化粧品らしくないわ」

珠希が愚痴った。

「珠ちゃん、決まって、もうラベルも貼っているんだから文句を言わないの」

薫子が制した。

「日本写真フイルムの品質のよさを強調する名前だ。子どもに名前をつける時に、あれこれ悩むが、つけてしまうと愛着が湧くものだよ」

戸越が言った。

「でもアスタキサンチンがどこにも強調されていません」

舞子も不満を言った。舞子にしてみれば、アスタキサンチンの扱いに苦労しただけに、せめて製品の名前に残したいのだ。

「舞子ちゃんは苦労したからな。今も、どこまで配合できるか、ぎりぎりまで俺と乳化の試行錯誤を繰り返している。次の製品の時には、アスタキサンチンを強調した名前にしようではないですか。ねえ、戸越さん」

鎌田が言った。

「うん、まあ、そうだな」

新製品の名前は何通りもの候補の中から決めた。すでに瓶にラベルを貼ってしまった。今になってスタッフの中から異論が出てきたことに、やや不満だった。

「咲村の提案のように今回はあくまでトライアルの位置づけにするか……」

戸越は言った。少し弱気だ。

「でも真剣にやりませんと、在庫が残ってしまったら大失敗になって、それみたことかと言われますよ。やっぱり化粧品なんかやるからだって」

大野が眉をひそめた。

「そんなこと当たり前だ。今さら何を言うか」

戸越の口調が激しくなった。大野が首をすくめた。みんなが一斉に戸越に視線を集めた。それぞれが硬い表情になっている。

「戸越さん、ちょっと言い過ぎ……」

薫子がたしなめるように言った。

「悪かった。さすがの私も少し苛《いら》ついているみたいだ。こんなことは初めてだ」

戸越は苦笑いを浮かべた。

一カ月後の九月には社長の大森が、記者会見を開き、日本写真フイルムの社名から「写真」の文字を取り、新しい出発を誓うことになっている。

この晴れがましい舞台に華を添えるのが新製品の化粧品だ。戸越は、保湿効果やアンチエイジング効果を強調する化粧水を用意した。その他に機能性食品も作ることにした。ライフサイエンス製品の幅を広げるためだ。発売方法は、健太の意見を入れて、インターネットや新聞広告などを利用した通信販売とすることにした。

今からやることは、なにもかも初めてのことだ。もし反響が悪かったら……。こんな弱気なことを考えたことはなかった。失敗しても命を取られるわけじゃない、と嘯《うそぶ》くのが常だった。しかし、失敗したら本当に命を取られるかもしれない。それは会社の評価を落とすことになるからだ。そうなれば、こんどは間違いなく本物の辞表を提出する覚悟だ。

リストラしてほしい、と大森に大見得《おおみえ》を切って、化粧品製造を始めた。化粧品が、日本写真フイルムを助けると信じたからだ。そして自分たちの技術力を世間に見せつけるために、アスタキサンチンという自然界で最高の抗酸化力を持つ物質を活用することに挑戦し、それを十分に満足いくレベルまで達成することができた。

そして化粧品は完成した。先日、大森にそれを見せた。大森は、嬉しそうに戸越から瓶を受け取り、キャップを開け、香りを嗅《か》いだ。

「いい香りじゃないか」

「ありがとうございます」

「ちょっと試してみてもいいか」

大森は、化粧水を手に受けた。

「おっ、オレンジ色か」

「はい、アスタキサンチンを配合しています」

「そうか、なるほどね」

大森は、神妙な顔つきで化粧水を頬につけた。戸越はじっと見ていた。まさか大森がそこまでするとは思っていなかったからだ。緊張していた。ごくりと生唾《なまつば》を飲んだ。

「いいじゃないか。気持ちがいい」

大森は、特徴ある大きな目を見開いた。

「ありがとうございます」

戸越は頭を下げた。

「なあ、戸越君、新しいことを始めるのだから最初から上手く行くとは思わない。勇気を持って、そして粘り強くやろう」

大森は、頬を何度か叩いた。

戸越は、嬉しくて涙ぐみそうになった。品質はどこにも負けない製品が完成した。しかし、ドクター春風堂の猿橋が言うように、いいものが売れるとは限らない。極端な言い方をすれば、売れるものがいいものだとも言える。だから大森の励ましが心に沁《し》みたのだ。

「社長は、上手く行かないことを見越しておられるのかなぁ」

戸越は呟いた。

「戸越さん、みんなに聞こえますよ。リーダーが弱気になると、みなが弱気になります」

薫子が言った。

「そうだね」

戸越は大きく頷いた。

「みなさん、ありがとうございます」

突然、悠人が立ちあがった。

「いきなりどうしたのですか？　咲村さん」

磯江が怪訝《けげん》そうな表情を浮かべた。

「私は、この化石プロジェクトに参加させていただいたことをものすごく感謝しています。化粧品という未知の分野への挑戦の機会を与えていただけたことは、のほほんと会社で暮らしていた私に働く意義を教えてくれました。この数カ月間、私は入社以来、一番働いたんじゃないかと思います。疲れなんか感じませんでした。ようやく化粧品は完成しました。しかし、これは途中も途中、ほんの入口だと思います。フィルムで言えば、白黒フィルムをやっとこさ作りあげた状況でしょう。これからＩＳＯ４００に匹敵するような世界一の化粧品を作っていきたいと思います。これ戸越さんは、化石プロジェクトは、技術もそうだが、私たちのようなちょっと道から外れた、すみません」と悠人は磯江たちに頭を下げげつつ、「人材を磨いて宝石にするプロジェクトだとおっしゃいました。私はまだ宝石になったとは思っていませんが、徐々にこの会社になくてはならない宝石になれるよう頑張ります」と言い、席についた。

「咲村の言う通りだ。私もうどん屋になり損ねたが、悔いはない。死んでいた私の乳化の技術、死んでいた私の熱意を蘇《よみがえ》らせてもらえた。化石が少し輝きました。これからも頑張らせていただきます」

鎌田が、戸越に頭を下げた。

「そんなことを言うなら、俺もそうだな。あのままだったら会社を辞めていたかもな。このプロジェクトには命をもらったよ」

大野がぼそりと言った。

「僕もそうです。一度は会社を辞めようと考えましたが、今は、働くことが楽しくてたまりません」

健太が言った。

「私だって同じよ。育休明けの私が、育児を両親に任せていいのかしらって思いつつも、研究に没頭できました。新しい製品を作るのってこんなに楽しいのかって、毎日、毎日、会社に来るのが楽しくって……」

舞子が、黒縁眼鏡を外して、涙を拭《ぬぐ》った。嬉し涙だ。

「みんな、まだ終わったわけではありませんよ。これからです。でもいいことじゃないですか。誰にも知られず化石として地中に埋まっていた私たちは、戸越さんに発掘してもらって、少し輝くことができた。戸越さんに生かしてもらったことを感謝しますよ。会社の中で、人生で、自分の役割があるってことは素晴らしいことです。でも咲村さんが言ったように、まだまだこれからです。これからもっと輝くように努力しましょう。当面は、この化粧品で」と磯江は瓶を持ち上げ、「世間に堂々と新規参入を宣言しましょう」と力強く言った。

「みんなありがとう。ちょっと私が結果を気にし過ぎてナーバスになっていた。謝るよ。それに考えてみれば化石プロジェクトなんて、みんなを化石呼ばわりしたけど、本当に化石だったのは私だったかもしれない。フィルム一筋の人生が、終わるのが怖かった。本当に怖かった。なんとかもう一度輝きたいと思って考えたのが化粧品だった。ここにきて上手くやろうなんていうのは虫のいい話だ。つまずいてもつまずいても何度でもチャレンジするのが、我が社の精神だ。化石が本物の宝石になるまで一緒に頑張ってほしい」

戸越は深く頭を下げた。

「課長、私たちも頑張りましょう。私、あの産日新聞の記者をぎゃふんと言わさないと、ほんまに腹の虫がおさまらへんのどすえ！」

珠希が唇を引きしめた。

「珠ちゃん、その変な関西弁を止めなさい。力が抜けるでしょう」

薫子がキリリと睨んだ。

「林葉さん、いい広報、頼んまっせ」

悠人が珠希の関西弁を真似た。

「おう、任せといてんか！」

珠希がガッツポーズをした。

「珠ちゃんたら……」

薫子の苦笑に呼応して、磯江が、「いいですね、いいですね」と笑みを浮かべた。

6

二〇〇六年九月、大森は記者会見に臨んでいた。

日本写真フイルムから「写真」を取り、「日本フイルム」と社名変更した。新しいロゴマークをふんだんに取り入れたパネルの前に立った大森の両脇には、美しいモデルが笑顔を振りまいている。

彼らの前には新しく発売する化粧品と機能性食品が並んでいた。

笑顔の女性に挟まれて、大森はいかめしい顔で記者たちを睨んでいた。決して怒っているのではない。嬉しいのだが、どうしても怒ったような顔になる。本人はこれでも精一杯、笑顔を振りまいているつもりだ。

「硬いな、社長」

珠希が心配そうに呟く。

「しかたないわ。いつものフィルムと違うんだもの」

薫子も落ち着かない。

「我が社は、生命科学分野を重点分野と位置づけ、化粧品や機能性食品などヘルスケア分野で今年度十億円、二〇〇八年には百億円の売り上げを目指します」

大森は、力強く言った。

「ここに並んでおります新製品は、我が社がフィルムで培った技術を応用して作りあげたものです」

女性モデルが、「エヌ・クオリティ・ハイ」シリーズの化粧水やドリンク剤を手に持ち、笑みを浮かべている。

「我が社はナノ化や抗酸化技術に優れており、今回発表しましたものは、肌への浸透性がきわめて高く、またドリンク剤などは身体の中から活性酸素を退治してくれる効果が期待できます」

大森が満足げに話し終えた。

「社長、アスタキサンチンのこと、忘れていますよ」

珠希が慌てた。

「大丈夫よ。ちゃんと記者さんが質問してくれるわ」

薫子は慌てない。

「ドリンク剤などは赤い色ですが？　なにか特徴的な原料をお使いとか？」

案の定、記者が質問する。

大森の表情が一変し、明るくなる。

「アスタキサンチンという自然界で最高の抗酸化力を持つものです。それをこのようにナノ化し、化粧水やドリンク剤に活用しました。我が社でなくてはできないことです」

大森は、やや胸を張り、アスタキサンチン入りの化粧水の瓶を記者に向かって突き出した。

「ねっ。ちゃんと質問してくれたでしょう」

「課長、仕組んだんですか」

「そんなことしないわよ。質問に答える方がインパクトがあるでしょう?」

また一人の記者が手を挙げた。

「あれは産日の塙記者ですよ」

珠希が憎々しげに言った。

「なにを質問する気かしら」

薫子も警戒した。

「化粧品の開発、おめでとうございます。しかし、御社にしては平凡ですね。瓶の色も白とライトグリーンというフィルム時代の名残《なごり》がある。名前も平凡だ。捻りがない。これで二〇〇八年に百億円は無理でしょう。趣味程度に終わるんじゃないですか」

塙は、髪の毛をかき上げ、皮肉っぽく言った。

大森の顔が赤くなった。今にも怒りだしそうだ。両脇の女性モデルの表情まで強《こわ》張《ば》っている。

大森は、ぐっと唾を飲みこみ、「今回はまだまだ入口です。これからもっと進化します。我が社は、必ず化粧品の選び方を変えてみせますから」と言った。

「期待しています」

塙は、薄く笑った。

「あの野郎……」

珠希が歯ぎしりをした。

「いや、よい質問をしてくれたじゃないか。それに社長もよい答えだ」

「戸越さん」

薫子が驚いて振り向いた。

「進化する。化粧品の選び方を変える。社長、いいこと言うじゃないか。ちょっとしたコピーライターだよ」

「どうしたんですか？」

薫子が聞いた。

「次に私たちが作るのは、進化する化粧品でさ、消費者の化粧品の選び方を変えるものでなくてはならないんだよ」

「私たちも進化に協力します。ねっ、珠ちゃん」

「勿論です」

珠希が微笑んだ。

＊

翌日の新聞各紙に記者会見の記事が掲載された。

「フィルムの技、化粧品に応用」「日本フ、化粧品に参入」と日本フイルムが化粧品などの新分野に参入した事実を報じる内容で、中には「感光材科で美しく、肌と身体に抗酸化作用」といった、まるでフィルム材料をそのまま化粧品に応用したと誤解を招きかねないような記事もあった。

「なんだか戸惑いがある記事ばかりです。これじゃ消費者にアピールできません」

珠希が顔を曇らせた。

「まあ、こんなものじゃないかな。珠ちゃんの努力でたくさん掲載された方よ。フィルムの会社が化粧品に参入したことの方が珍しくて、製品に関心がいかないのも無理はないわ」

薫子は冷静に言った。

「さて、これからどうします？　どんな広報をしたらいいのかな」

珠希が情けない顔をした。化粧品の評判を上げるためにどのような広報をしたらいいのか考えが及ばないからだ。

「さあ、行くわよ」

薫子が歩きだした。

「えっ、どこへ行くんですか」

珠希が慌てる。

「美しき魔女に会いに行くのよ。この化粧水を使ってもらってアスタキサンチンの威力を体験してもらうの。全てはこれからよ」

「魔女？　美しき魔女？　それやったらここにいますやん」

珠希が自分を指差した。

「あほ！　ごちゃごちゃ言わんとついてこんかい！　あら、珠ちゃんの関西弁がうつってしまったわ」

＊

「どうだ健太？」

悠人は通販の協力会社に健太を訪ねた。そこでは注文を受け付けるオペレーターや製品を発送する人たちが忙しく働いていた。

健太が、化粧品などを通販で販売すると提案し、それが受け入れられてから協力会社の支援を得た。一から通販のノウハウを積みあげる時間を短縮するためだ。

通販は、インターネットや新聞などで広告し、注文を受け付け、それをデータベース化する。その後、発送伝票を作成、商品を発送、代金を回収する。その売り上げを分析してダイレクトメールの発送用ラベルを作成、ダイレクトメールでリピーターになってもらうよう依頼をするというのが一連の流れだ。

健太は、険しい顔で注文票を見ていた。

「注文は順調か？　在庫は確保してあるからいつでも出荷できるぞ」

化粧品などの在庫は、製品を製造した協力工場に置いてある。

「期待した以上に注文は来ている。価格帯も化粧品は三千八百円から八千四百円、機能性食品は二千円から三千五百円と、比較的購入しやすいミドル帯を狙ったのもよかったみたいだ」

「ちょっと安心だな」

「いや、そうでもない。これを見てみろ」

健太が注文の葉書やファックスのひと束を見せた。インターネットより新聞などを見て、葉書やファックスで注文してくる方が多いようだ。

「結構な数じゃないか」

「住所を見てみろよ。それに名前も」

健太が顔を曇らせる。その背後では電話オペレーターの注文を受け付ける声が大きく響いている。

健太に言われて、悠人は葉書やファックスを慎重に検分した。

「住所や名前がそっくりだね。これら全部」

一部だけ変更してあるのもあるが、同一と思われる人物が大量の葉書やファックスを送ってきている。

「悪質ないたずらだよね。もし俺たちだけで通販を始めていたらと思うとぞっとするよ。協力会社さんのノウハウがなければ、この注文に喜んで大量に発送して、みんな返品になるところだよ。こうしたことをする人は一切、代金を支払わないんだから」

「なかなか難しいものだな」

「代金回収だって、代引きにしたんだ。一万円以下でコンビニ支払いは百円程度、郵便払込みは六十円、代引きは二百五十円の手数料だよ。この手数料を我が社で負担することにした。これは痛いけど、代金回収が一番の問題だからね。代金を回収できなければ、督促しなければならない。代引きだと代金と引き換えに商品を渡してくれるから、督促の必要がないんだ」

　健太は熱を込めて話す。

「今までフィルムを販売していて代金回収でそんなに苦労することはなかったんだろう？」

「経営のしっかりした卸会社を通じて販売していたからね。直接消費者に売ることはなかったから。今後はいろいろな決済の方法を採用するけど、当面は、代引きで行く。そしてとにかく注文には素早く対応して、素早く送る。待たせない。返品もあるけど、それもどうして返品になるのかという重要なデータなんだよ」

　健太は生き生きとしている。輝いている。

「夢が広がったな」

　悠人は嬉しくなった。

「ああ、夢というより、現実の壁を登らにゃならないさ。今から俺はデパートやドラッグストアやバラエティショップなど通販以外のルートも開拓するつもりだ。営業部も協力してくれるからね。二、三の会社に当たってみたら意外な反応なんだ」

健太がにやりとした。

「意外な反応って?」

悠人は思わず身を乗りだした。

「俺が営業マン時代に培ったルートがみんな協力的なんだ。嬉しいね。日本写真フイルムさん、今は日本フイルムさんの出す製品なら信頼が置けるから、我が社でも扱うよと言ってくれるんだよ」

健太は誇らしげな笑みを浮かべた。

「ところでお客様の注文に傾向はあるのかい?」

悠人はアスタキサンチン配合の化粧水の反応を知りたかった。

ふたたび健太がにやりとした。

「予想以上だよ。モニターの調査は間違っていなかった。価格は高いけど、お客様はアスタキサンチン配合の方を圧倒的に選んでいる。悠人は、とにかくもっと徹底的にアスタキサンチンを強調した製品を作ってくれよ。それが第二弾で、俺たちの本格攻勢になるさ」

健太は、注文票の束を見せた。それはアスタキサンチン配合の化粧水の注文ばかりだった。

「わかったよ。健太がもっと忙しくなる製品を作るぞ」

＊

戸越は、大森の部屋にいた。もうすぐ会議から戻ってくる。大森の机の脇には、化粧品やドリンク剤の入った紙袋が幾つも並んでいる。

「おう、待たせたな」

大森が入ってきた。

「ようやく化粧品などのライフサイエンス事業をスタートできました。今後ともよろしくお願いします」

戸越は頭を下げた。

「そのことだが……」

大森の表情が険しくなった。

いったいどうしたのか。記者会見をした直後なのに、まさか……。戸越は心臓が高鳴った。

「なにか……」

「君らしくない」

大森の声の調子が強くなった。

「は、はい」

戸越は身体を硬くした。

「もっともっと特徴のある製品を出せ。もっと進化させろ、化粧品の選び方を変えるくらいのインパクトのあるものにしろ」

「はい。社長が記者会見でおっしゃったことですね。まさにその通りだと思いました。アスタキサンチンの応用をもっと進化させます」

「私は、勇気ある製品が好きだ。後発である我々は、ぐっとインパクトがある製品を作りださねばならない。今まで化粧品の効果はイメージでしかなかったことが多い。それを実感してもらうんだ。それこそお客様が我が社の製品に求める価値だ」

「わかりました。すでに新製品の開発は進めております」

「研究所の人員も増やす。また営業部や宣伝部も駆りだすからな。小さく産んで大きく育てることはしない。私は、ライフサイエンスを必ず大きな経営の柱にする。我が社のマーケティングは、なんだ？」

大森が目を大きく見開いた。

「全国津々浦々に看板を掲げ、幟《のぼり》を立てることです。写真は撮ってみないとわかりませんから信頼感で売れます。写真を見て、日本フイルムの製品を使ってよかったと実感してもらうのです。それには日本中のどこにでも日本フイルムの看板が掲げてあり、幟が立っていることが肝心です」

戸越ははっきりと答えた。

『男はつらいよ』の映画で寅《とら》さんが歩く地方の町、村のどこにでも日本フイルムの幟がある。あれが信頼感の源だ。

「わかっているじゃないか。その通りだ。徹底的に我が社の化粧品が信頼される手段を講じるんだ。そして化粧品の選び方を変えるんだ。化粧品は効果を実感してこそ選ばれにゃならん。実感してもらえる化粧品は我が社の製品しかない」

大森は決断すると、速射砲のようにプランを打ちだしてくる。それまで自分の中にじっくりと温めていたのだろう。それが爆発するのだ。

「わかりました」

戸越は喜びに身体が震えてくる。やはりあの化粧品の国際展示会と講演会に来ていたのは大森だったに違いない。

「それにしても名前が悪いな。エヌ・クオリティ・ハイなんて単に高品質って言っているだけだろう。なんの捻りもない。技術馬鹿の戸越が考えた名前だ。アスタキサンチンのことや未来の、明日の喜びが感じられる名前にしてほしい。それも化粧品らしくないのをな」

大森は、なにか案でもあるように小首を傾《かし》げた。

技術馬鹿と言ってもらえて、戸越は嬉しくなった。最高の誉《ほ》め言葉だ。

「ところでその袋はどうなさるのですか」

戸越は机の側《そば》に置かれた多くの紙袋を指差した。

「おお、これか。配るんだよ。お取引先や友達にな」

大森は初めて笑顔になった。

「ありがとうございます」

戸越は深く頭を下げた。

「なに礼なんか言ってるんだ。そんなことを言う暇があったら次の戦略を考えるんだ」

＊

有名女性誌に、化粧品のカリスマと言われるライターの女性が次のような記事を書いた。

彼女は四十歳を過ぎているが、その美しさから多くの女性の憧れの的になっている。

「スキンケア商品は、気にいったからといってずっと同じものをお使いになっている方が多いんじゃないかしら。

私は、スキンケア商品はこまめに変えるんですよ。意外に思われるかもしれませんが、その方が肌にいいみたい。

肌も毎回、同じ商品では飽きるんじゃないでしょうか。

試してみましたよ。日本フイルムが新発売した『エヌ・クオリティ・ハイ』。アスタキサンチンという自然界で最高の抗酸化力の材料を使った化粧水。

透明じゃないんです。オレンジっぽい色。ちょっとドキッてしたけど、使ってみたらこれが最高なんです。

頬や手の肌にのばした瞬間、皮膚の角質に深く浸透するのが実感できるの。肌がしっとりとしてきて潤って、張りがでて、指で感触を試してみると吸いつくよう。

ひょっとして病みつきになってしまうかも？　毎回同じ商品だと飽きるって言ったけど、これは飽きるまで時間がかかりそうね。

みなさんも一度試してみてね」

記事が掲載された雑誌が発売されると、健太の担当する通販部門の電話オペレーターは受話器を置く暇もないほどの忙しさになった。

「こりゃあ、大変だ」

健太は嬉しさに顔をほころばせた。

7

二〇〇七年九月、都内の有名ホテルの宴会場には続々と人が集まっていた。日本フイルムが第二弾の化粧品を発表するのだ。

会場にはテーブルが幾つも配置され、それぞれに豪華な赤い薔薇が飾られ、その周りには花に負けないほど鮮やかな赤の容器に入った化粧品がずらりと並んでいる。

集まっているのは、日本フイルムを取材するいつものドブネズミのような灰色スーツ姿の男性記者は少なく、華やかに着飾った化粧品専門の女性ライターやブログなどで化粧品の評価を発表して人気を博しているカリスマユーザーたちだ。薫子や珠希たち、広報部員が苦労して開拓した新しいメディアの担い手だ。

彼女たちはにこやかに談笑しながらテーブルに用意された赤いソフトドリンクを飲み、化粧水を実際に手につけるなどして、発表会が始まるまでの時間を楽しんでいる。

　薫子は会場を見渡していた。そしてある男を見つけ、そのテーブルに歩み寄った。

「塙さん、今日はアスタラブの発表会に来ていただきまして、ありがとうございます」

「いやあ、こんな派手な場所だと肩身が狭いですね」

　塙の表情が強張っている。

「前回発売しましたエヌ・クオリティ・ハイもとてもよい評価を得ましたので、今回はさらにそれを進化させました」

「アスタラブ、ですか。なんだか化粧品らしくない名前ですね」

「はい、化粧品の選び方を変えるつもりで名づけました」

「アスタキサンチンの意味ですか」

「ええ、それもありますが、明日はもっとよくなるという思いを込めました。未来に進化する意味です」

「明日はもっとよくなる……、ですか。日本の未来がかかっているような名前ですね」

　塙が苦笑した。

「その通りです。私たちは確かに未来へ歩み始めましたからね」

薫子は微笑んだ。

「でもこれほど真っ赤な化粧品、真っ赤な容器……。よく思い切りましたね」

「美しいでしょう?」

「ええ、まるでルビーのようです。美しいです。消費者は受け入れてくれますか?

真っ赤な化粧品を?」

「自信はあります。このアスタラブの赤は女性を美しく、幸福にしたいという私たちの燃えるような主張ですから」

薫子は視線を強くした。

「日本フイルムがここまで化粧品に本気になられるとは思いませんでしたが、私は、今まで通り批判的の上にも批判的に見ていきますよ」

塙は不敵に微笑んだ。

「受けて立ちますわ」

薫子も笑みを浮かべた。

珠希が薫子の側にやってきた。

「課長、始まります」

珠希が言った。

薫子は塙に会釈《えしゃく》して席を離れ、会場の隅に足を運んだ。

音楽とともに会場が暗転した。正面に設置された舞台のスクリーンに「進化する化粧品　アスタラブ。化粧品の選び方が変わる」という文字が赤く浮かびあがり、二人の女優の映像が流れた。四十代、五十代を代表する女優であり、めったにコマーシャルに出演しないことで有名だ。

舞台の右隅をスポットライトが照らすと、悠人と舞子が現れた。

「いい顔しているな、二人とも」

戸越が薫子に言った。

「ええ、よい緊張をしていますね」

悠人と舞子は、スクリーンに映しだされる真っ赤な容器に入った化粧品、アスタラブシリーズの開発意図、その開発の難しさ、そして効果などを学術的な見地も含めて丁寧に解説している。

「まるで学会発表だな」

大野が含み笑いを洩らした。

「フィルムメーカーが本格的な、今までにはなかった化粧品を発売するのですから、よく理解してもらわないといけませんからね。人の生まるるや柔弱《じゆうじやく》なり、と老子は言っています。生まれた時はみんな柔らかで弱いという意味です。私たちは、いつまでも生まれた時のままの柔らかい発想で進化を続けましょう」

磯江が真面目な口調で言った。

「鎌田さん、あんたの乳化の技術のおかげだよ。ありがとう」

戸越は、隣にいる鎌田の手を握った。

「なにをおっしゃいますか。私のような老いぼれの技術が、こんな華やかな製品になるなんて夢のようです。ありがとうございます」

鎌田の目にはうっすらと涙が光っている。

「みなさん、いよいよクライマックスですよ」

珠希が舞台に視線を集中させた。

「おお、いよいよか」

戸越が目を細めた。

舞台の中央に悠人と舞子が進み出た。背景は、大写しになった二人の女優の笑顔だ。

舞子がアスタラブの化粧水の真っ赤な容器を握りしめ、まるで聖火のトーチのように掲げた。

「化粧品は化粧品メーカーだけが作る時代ではなくなりました。果たしてこれはユーザーにとってどれくらいグッドニュースなのでしょうか？　日本フイルムはとびきりのグッドニュースでありたいと思います。これまでになかった製品を生みだすことを存在理由と考えます。独自の技術力を駆使します。よそとは違うユニークなアプローチで肌時間に挑みます。化粧品を狭い世界に閉じこめてはいけない。垣根を越えたボーダレスな技術で、新しい知見を得ていこう。ライバルは化粧品メーカーではありません。もっと広く、新しく。アスタラブ、日本フイルムです」

悠人と舞子の力強い声が会場の隅々にまで響き渡った。まるで困難な課題にチャレンジし続ける敗れざる者たちの選手宣誓のように……。

特別収録対談

「フィルムメーカーが化粧品をつくる」という前代未聞のチャレンジ

古森重隆《こもりしげたか》（富士フイルムホールディングス代表取締役会長・ＣＥＯ）
×江上剛《えがみごう》（作家）

カニバリゼーションを恐れず、トップランナーを目指す

江上　本作は御社をモデルに書かせていただいた作品です。現実でも、富士フイルムは二〇〇〇年頃から、デジタルカメラの普及によって、売上の約六割を占めていた写真フィルムの市場が急速に縮小するという、未曾有《みぞう》の危機に見舞われました。当事者の危機感は、小説の表現以上のことだったと思います。

古森　そうですね。ただ、突然、危機的な状況が襲いかかってきたわけではあり

ません。かなり以前から、デジタルカメラの登場によって、写真フィルムの需要が縮小することは、わかっていたことです。我が社は、一九七六年に世界初の高感度カラーフィルム「F－Ⅱ四〇〇」を開発し、フィルムの性能と品質では世界一を自負していましたが、一方で、デジタル化の進展によって、我々の存在が根源から揺さぶられることも自覚していました。

そこで、フィルムを開発する一方で、デジタルカメラに関しても、一九七〇年代から研究を始めていました。一九八八年に、世界初のフルデジタルカメラである「DS－1P」を開発。また、デジタルカメラだけでなく、レントゲン写真や印刷技術などのデジタル化も進めていました。

江上　他のフィルムメーカーがカニバリゼーション（自社製品同士が共食いし、売上を奪い合うこと）を恐れて、デジタルカメラの開発を躊躇《ちゅうちょ》したのとは対照的に、動き出しが早かったのですね。

古森　確かにそうですが、自分たちがやらなければ、他の人がやるだけです。どうせ誰かがやるのならば、自分たちが挑戦し、トップランナーになったほうが良い。そんな考えが社内にありました。

デジタルカメラの品質やコストはなかなかフィルムに追いつけませんでしたが、一九九八年に我々が開発した百五十万画素の「Finepix700」は、数万円の価格で初めて銀塩フィルムに匹敵した画質を持ったコンパクトデジタルカメラで、これがデジタルカメラ市場の火付け役となりました。撮像素子であるCCDを自社開発するなど、早くからデジタルカメラの開発を進めてきたことで、我々はそこから数年は、世界のデジタルカメラ市場で約三〇%のシェアを持つというリーディングカンパニーでした。

「技術の棚卸し」をし、ロマンティシズムを持つ社員を生かす

江上　しかし、デジタルカメラ事業が急速に伸びても、フィルムの売上が急減した穴は埋めきれませんでしたか。

古森　デジタル製品は、さまざまな技術のすり合わせが求められるアナログのフィルムと違って、ブラックボックスが少なく、技術による差別化が難しい。そうなると技術ではなく価格競争となる。当時主流となりつつあったコンパクトデジタルカメラにもそのような傾向がありました。想像通り、激烈な価格競争が起こり、デジタルカメラの価格は、毎年下がり続けました。利益はどんどん削られ、フィルム事業の穴を埋めるどころではありませんでした。

現在は、高級ミラーレスカメラに注力し、他の追随を許さない高画質を実現した

製品を提供してこの分野をリードしています。当社には、「記憶色」と呼ばれる人々の記憶に残る鮮やかな色を再現する技術など、写真フィルムで蓄積してきた色再現のノウハウ・画像処理技術があります。色の再現力において、我々にかなうメーカーは無いと自負しています。

江上　古森会長は、そんな激動のさなかにあった二〇〇〇年に、社長に就任されたわけですね。

古森　はい。このままでは生き残れないと考え、就任直後から多角化に着手しました。

もともと多角化は、創業当初から取り組んでいたことです。多様な技術を必要とする写真フィルムの技術を横展開して、医療用X線フィルムやオフセット印刷に使うPS版、ビデオテープなど、幅広い製品を開発してきました。そうしていくつもの柱をつくってきたことが、経営の安定につながってきたのですが、今回はフィルムに代わる大きな柱を育てなければなりません。

江上　そこで「技術の棚卸し」をおこなったそうですね。

古森　自分たちの技術が生きない分野に参入しても、絶対に成功しません。そこで、就任早々、自社が保有している技術をすべて棚卸しし、他社との比較も含めて整理するよう、指示しました。

一年半かけて技術を洗い出した後は、※「アンゾフのマトリクス」を少し応用し、どの分野に注力すべきかを考えました。具体的には、「新規市場×新規技術」「新規市場×既存技術」「既存市場×新規技術」「既存市場×既存技術」の四つの象限で注力すべき事業分野を整理しました。

江上　その結果、化粧品や医薬品という結論にたどりついたわけですね。

古森　化粧品に着目したのは、理詰めだけでなく、社内の一部の人間のロマンテイシズムもありました。昔から「化粧品をやりたい」という人間が社内にいたんですね。小説のなかでは「戸越《とごし》」という名前になっていましたが、化粧品プロジェクトの責任者を務めた社員は、まさにそういう人物でした。

江上　本作では、戸越の他、悠人《ゆうと》や磯江《いそえ》、大野《おおの》、鎌田《かまた》といった、熱い気持ちを持った登場人物が活躍しますが、実際、情熱のあるメンバーが複数いたそうですね。

古森　そうですね。これまで、有用でありながら実用化が難しかった素材を用いた機能性化粧品「アスタリフト」の開発には、我々がフィルムで培ってきた技術を応用することで、難しい課題を解決することができました。「なんとなくできそう」という程度の甘い考えでは、新規事業はうまくいきません。情熱を持った社員がいたからこそ、「フィルムメーカーが化粧品をつくる」という前代未聞のチャレンジを成功に導けたのだと思います。

合言葉は「NEVER　STOP」

江上　本作で取り上げた「アスタリフト」（作中では「アスタラブ」）を二〇〇七年に世に送り出した後も、さまざまな新製品を生み出し続けていらっしゃいますね。

古森　まず、「アスタリフト」シリーズでいえば、抗酸化成分であるアスタキサンチンを配合した製品のほかにも、新しい製品を開発してきました。化粧品に使うのは難しいとされていた、トマトに含まれる「リコピン」を配合した製品や、うるおいの鍵を握る「ヒト型セラミド」をナノ化して配合した製品などがその一例です。これらは、いずれも、フィルム製造で培ったナノテクノロジーがあるからこそ実現できたものです。

一方、医薬品に関しても、新型インフルエンザに効果があるとして、二〇一四年に製造販売承認を受けた抗インフルエンザ薬「アビガン」が、日本で国家備蓄されました。また、再生医療の分野でも、日本で初めて再生医療製品として承認された

※「アンゾフのマトリクス」：「製品」と「市場」をそれぞれ「新規」と「既存」に分け、四象限に分類すること

自家培養表皮「ジェイス」と、ひざの治療に用いる自家培養軟骨「ジャック」を販売しています。

江上 御社の医薬品や再生医療に関するニュースを、新聞などで見るケースが増えてきたと感じます。

古森 まだ有効な治療薬がない、「アンメットメディカルニーズ」の高いアルツハイマー病やがんの領域で有望なパイプラインがいくつかあります。また、抗インフルエンザ薬「アビガン」は、エボラ出血熱やマールブルグ熱などの恐ろしい伝染病にも有効と期待されています。

化粧品と同様に、医薬品も、写真フィルムとは何の関係もなさそうに見えて、実はフィルムのノウハウが応用できる部分がたくさんあります。たとえば、バイオ医薬品は、精密な生産管理ができないと生産できないのですが、我々のカラーフィルムの生産管理技術が応用できるのです。カラーフィルムの製造には、例えば品質を左右するCMY：C（シアン）、M（マゼンタ）、Y（イエロー）のカラーバランスを保つための精密な物質制御技術など、さまざまな技術が求められます。精密にフィルム性能をコントロールし、無欠陥で生産していく技術もその一つです。厳しい生産管理が不可欠なので、その生産で鍛えられてきたのですね。

江上 医薬品に関しても、もともとのフィルム技術を生かして、他社とは異なる独自の発展が期待できそうですね。

古森　技術の棚卸しで再認識したことですが、弊社には多種多様な技術がありま す。会社の余裕があったフィルム全盛期に、すぐに役に立つかはわからない研究をすることも許容していたことで、多くの技術が蓄積されました。これらの技術は、今後も、必ず生きてくると考えています。

江上　最近では「NEVER　STOP」というグローバルブランディングキャンペーンを始められましたが、どういう思いを込められているのですか。

古森　振り返れば、我々は写真フィルムにおいては世界一であったコダックというライバルとの戦いでも、常に歩みを止めず、走り続けてきました。デジタル化で写真フィルムの需要が急減したときにも、立ちすくむことなく前進してきました。業態転換を進め、危機を乗り越えた今も、ここで止まってはいけない、進み続けるぞという気持ちを込めたのが、この「NEVER　STOP」です。

我々は何のために存在するのかといえば、製品を通じて世の中に新しい価値を提供するためです。そのためには、技術を磨き、イノベーションを起こし続ける必要があります。立ち止まることなくイノベーションに挑戦し続ける「NEVER　STOP」の姿勢を社内にさらに徹底させ、イノベーティブな製品を作り出していきつつ、社外の皆さまにも当社のあり方をご理解いただければ、と考えています。

個を殺さず、もっと尖ったほうがいい

江上　日本のメーカーを代表する存在として、富士フイルムにはこれからもどんどんチャレンジを続けていってほしいです。

古森　メーカーの使命は、いいものを作る、価値を創出することにあります。社会的に価値のあるものを作った結果として、われわれは対価を受け取ることができる。そしてその対価を原資に更に価値のあるものを作っていく。それこそが製造業なのです。

さまざまな分野で製品を提供していますが、我々は、いずれの分野でも一歩進んだ製品を提供していると思います。

江上　結びに、日本のこれからを支えていくビジネスパーソンに向けて、何かメッセージをいただけますか。

古森　一つ言うなら、「もうちょっと元気を出せ」ですね。

今の若い人たちは、皆、素直でものわかりもよく、ジェントルマンですよ。でも、「変革したい」「向上したい」といった個人のエネルギーが足りないと感じます。組織からはじき出されないよう、個を殺しているのかもしれませんが、遠慮し

ないでもっと尖ったほうがいいし、ゴツゴツと前に出ていったほうがいい。

江上　「忖度《そんたく》」という言葉が流行語になりましたけど、忖度なんてしている場合じゃないと。

古森　私なんか、意見が食い違って、上役とケンカすることは数知れず、でした。社風が開放的な富士フイルムだから許されたようなものです。でも、ケンカをしたのは、別に自分のためにしていたわけでなく、「私のほうが会社のために正しいことを言っている」という信念があったから。だから周囲からも許されたのだと思います。

多少、出る杭《くい》になったとしても、「正直に、嘘をつかず、誠実に」という人間としてのきちんとした振る舞いがきちんとできていれば、周囲も受け入れてくれるものです。自分を成長させたいなら、個を殺さず、組織に沈まず、もっと突き出ていくべきです。

江上　本日はありがとうございました。

本書は二〇一五年一月に徳間書店より刊行された『断固として進め』を改題し、加筆・修正したものである。

著者紹介
江上　剛（えがみ　ごう）
1954年、兵庫県生まれ。早稲田大学政治経済学部卒業。77年、第一勧業銀行（現みずほ銀行）入行。人事、広報等を経て、築地支店長時代の2002年に『非情銀行』で作家デビュー。03年に同行を退職し、執筆生活に入る。
主な著書に、『失格社員』『会社人生 五十路の壁』『ラストチャンス 再生請負人』『庶務行員 多加賀主水が許さない』『我、弁明せず』『成り上がり』『怪物商人』『翼、ふたたび』『天あり、命あり』『クロカネの道』などがある。

PHP文芸文庫　奇跡の改革

2019年1月18日　第1版第1刷

著者	江上　剛
発行者	後藤淳一
発行所	株式会社PHP研究所

東京本部　〒135-8137 江東区豊洲5-6-52
第三制作部文藝課　☎03-3520-9620（編集）
普及部　☎03-3520-9630（販売）
京都本部　〒601-8411 京都市南区西九条北ノ内町11

PHP INTERFACE　https://www.php.co.jp/

組版	朝日メディアインターナショナル株式会社
印刷所	図書印刷株式会社
製本所	東京美術紙工協業組合

©Go Egami 2019 Printed in Japan
ISBN978-4-569-76873-1
※本書の無断複製（コピー・スキャン・デジタル化等）は著作権法で認められた場合を除き、禁じられています。また、本書を代行業者等に依頼してスキャンやデジタル化することは、いかなる場合でも認められておりません。
※落丁・乱丁本の場合は弊社制作管理部（☎03-3520-9626）へご連絡下さい。送料弊社負担にてお取り替えいたします。

PHP文芸文庫

怪物商人

江上 剛 著

死の商人と呼ばれた男の真実とは⁉ 大成建設、帝国ホテルなどを設立し、一代で財閥を築き上げた大倉喜八郎の生涯を熱く描く長編小説。

定価 本体八四〇円(税別)

PHP文芸文庫

成り上がり

金融王・安田善次郎

江上剛 著

ハダカ一貫から日本一の金融王へ！挫折、失敗の連続を乗り越えて成功をつかんだ安田善次郎の、波瀾万丈の前半生に光を当てた長編。

定価 本体八三八円（税別）

PHP文芸文庫

翼、ふたたび

江上剛 著

航空会社が経営破綻、大量リストラ、二次破綻の危機……崖っぷちからの再生に奮闘する人々を描いた、感動のノンフィクション小説！

定価 本体八四〇円（税別）